都会に生まれ育った私にはふるさとが
ありません。家はビルの谷間に沈み、
風景は様変わりし、幼なじみも
ちりぢりになってしまいました。
このごろになって、その事実がとても
虚しく淋しく思えます。
そしてもうひとつ、人間は豊かな自然とともに
生きてこそ、幸福なのだと知りました。
だとすると、現代社会は自然から
不自然へと急速に傾斜しているのでは
ないかと思うのです。
「母の待つ里」はそうした疑惑の
ノベライズです。

浅田次郎

我是在都市出生長大的，
沒有可以回去的故鄉。
房子被淹沒在高樓大廈之間，
看不到過去的景色，
童年玩伴也各奔東西。
近來，這個事實讓我感到無比的空虛。
同時我也領悟到，
唯有生長在豐富的自然環境中，
才算是眞正的幸福。
也讓人感到現代社會快速地傾向不自然，
失去了原有的自然景象。
《有母親等待的故鄉》即是以文字呈現出
我對這樣的時代所產生的困惑。

淺田次郎

母の待つ里

有母親等待的故鄉

淺田次郎——著

葉廷昭——譯

目次

1 松永徹的故事 005
2 室田精一的故事 036
3 好友的忠告 063
4 妹妹的忠告 078
5 古賀夏生的故事 091
6 花舟 117
7 憂鬱星期一 135
8 青梅雨 145
9 螢火 173
10 無爲徒食 202
11 神明啓程的日子 229
12 滿月夜 253
13 回暖花開 277
14 忘雪 304

1 松永徹的故事

母親在故鄉盼著兒子歸來。松永徹回到故鄉的車站，眺望絢麗的群山，以及一望無際的蒼穹。

用力吸一口清新的涼風，吐出都會的繁雜喧囂。這裡的空氣有一股天然的味道，和高爾夫球場截然不同。

現在正是欣賞紅葉的好時節，車站前卻沒幾個人影。東北新幹線即使平日也客滿，加上轉搭其他鐵路又要花上一個多小時，交通如此不便，也難怪這片觀光勝地會失去往日的榮景。現在不管去哪都不用三小時，像這種美不勝收的地方，也就更容易被人遺忘了。

站前只有一輛等著載客的計程車，從同一班列車下來的中國人，帶著全家人坐上那輛計程車。看那位年輕的一家之主興高采烈，想必是接近包場的享受完名勝以後，要去附近的溫泉旅館投宿吧。話說回來，知道這種地方，還眞了解日本。

松永徹決定打電話回公司，有事找他的人幾乎都用電子郵件聯絡，但他一定會打電話回覆。因爲他相信，用嘴巴講比打字想文章省事。

松永徹告訴祕書要回鄉參加法會。姑且不論理由眞僞，放下公務處理私事，委實令他過意不去。

「目前沒有急務，請慢慢來。」

連續兩天沒有會議、沒有訪客，也不用參加餐會，這簡直就是奇蹟。既然如此，那乾脆——

「不好意思，容我再提出一個任性的要求。我要關手機電源了，不然對身邊的人也不好意思。明天下午我會再開機。」

祕書一時有些困惑，但也沒有多問什麼。

不然對身邊的人也不好意思，這句話給祕書很多想像空間。然而，這位祕書不愧是前任社長掛保證的優秀人才，爲人非常機靈。

如果祕書知道，一個拋棄父母和家鄉的男人，隔了四十多年才回歸故里，大概也不會多問什麼。尤其是知名企業的大老闆處理私事，下面的人就更不敢過問了。

松永徹關掉行動電話，前往公車搭乘區。

「請問有開往相川橋嗎？」

司機給了肯定的答覆後，仔細端詳著松永徹的外貌。或許像他這樣的乘客很罕見吧，看起來既不像本地人，也不像觀光客。

松永徹其實思考過，久未回鄉應該穿什麼比較合適。只不過，他平常外出都穿西裝，再不然就是高爾夫球裝，所以直接穿了白色襯衫，搭上一條樸素的領帶。

他已經想不起自己有多久沒搭公車了。他的住處和公司離地下鐵車站都不遠，六年前升上高階主管以後，公司也派車接送他上下班。

松永徹遵照司機的指示拿取車票，挑了一個位子坐下來。按照車上的告示板，到相川橋還很遠，車資也不菲。

車上還有兩位老婆婆，應該是看完病準備回家吧，她們的聽力似乎不太好，講話的音量很大。好像是在討論彼此的身體狀況，只可惜鄉音太重，松永徹聽不懂詳細的內容。他心裡想的是，原來自己不只拋棄父母和故鄉，連故鄉的語言都忘了。

這裡一小時只有一班列車，接駁的公車等著不會來的乘客，等了一會後，車身像剛睡醒打哆嗦般發出震動，終於發車前進了。

站前的馬路上有一些餐飲店和賣土產的店鋪，但大多都沒有開張。過去景氣大好時翻新過的市容，現在看來格外冷清。一樣是寒風吹拂，山上的紅葉美不勝收，行道樹卻只剩下空蕩蕩的枝頭。

除了牽狗散步的老人家，路上再無其他人影，大概是避開寒冷的清晨和傍晚，趁著溫暖的午後出門散步吧。

說是老人家，松永徹自己也不年輕了。就不曉得他如期退休後，能不能過上這麼悠閒愜意的生活。

在車上目送老人和小狗離去後，松永徹面露苦笑。剛才那個老人，有沒有可能是中學或高中時期的同學呢？當然，他也只是想想罷了，照理說那是不可能的。

公車開過小市區，眼前出現一片已經收成的田園。連續開過的幾個車站都沒人上下車，風景也變得越來越詩情畫意。

松永徹想起了「衣錦還鄉」這句話。若是正常的返鄉探親，或許稱得上是衣錦還鄉吧。

父母交代過，沒有成為一方之霸不准回家，他也發誓要出人頭地再回來。但四十多年都沒回家，未免太超過了。

嚴格講起來，松永徹一點企圖心也沒有。也因爲這樣，他在公司算是一個怪人。要是有成家，多少會有那麼點拚勁吧。偏偏他太挑了，挑著挑著就挑到四十歲，後來也懶得談戀愛，過了五十歲直接放棄結婚。好在天生性格嚴謹，做事也算靈巧，做家事對他來說一點也不痛苦，甚至可以說是興趣。換句話說，「放棄結婚」這話只說對了一半。

松永徹本來以爲，自己老大不小還沒結婚，公司一定會懷疑他的社交能力有問題。不料公司的人事政策相當公平，松永徹也沒立過什麼大功，卻賞了他高階主管的職缺，讓他連幻想退休生活的時間也沒有。

其後，公司接連爆發作帳和操縱股價的醜聞，上面的老屁股統統引咎辭職，論資排輩又輪到松永徹升官。

上一任社長成功重振公司業績，還問松永徹願不願意繼承大位，一開始他以爲自己是不是聽錯了。松永徹依舊缺乏野心，但也想不到拒絕的理由。

眞要說理由的話，公司創業一百二十年來從沒有單身的社長。不過，把單身當成一種時代潮流，似乎也就沒那麼奇怪了。近年來單身的員工越來越多，而且不分男女老少，大家都樂見單身人士繼任大位。

公車開過一座小丘陵，路旁有一座不像水池的大湖泊，水面映照著湛藍的天色。被公車嚇到的白鳥飛上天空，松永徹看著那些白鳥，這才有回歸故里的感覺。

相川橋顧名思義，是兩條小河相會之地的橋梁，公車站牌就設在橋的旁邊。從車站整整開了四十分鐘才到這裡，兩條規模相當的清澈小河匯聚，從山間流到村落，河上搭了座青苔滿布的石橋。

那兩位看完病的老婆婆，好像住在更遙遠的地方。她們現在肯定在聊有個陌生的乘客在相川橋下車吧。

這條歷史悠久的道路，連接內地和沿岸地區，零星的民房還保有一絲旅館風情。但絲毫沒有活人的氣息，彷彿人都死絕了一樣。

一輛小貨車開過石橋，放慢速度打量路上的異鄉人，車子開過公車站的擋雪板才停下。

「唉唷，這不是小徹嗎？」

松永徹聞言回頭，看到一個曬得黝黑的農夫從駕駛座探頭出來。

「啊，您好。」松永徹想不出該怎麼回答比較好，只好打招呼陪笑。以前他確實叫小徹。

「果然是松永家的小徹，眞是好久沒見啦。」

松永徹認不出這位老人家，意外出現的舊識令他心跳加速。按理說，這邊的村民應該都跟家人一樣，他不曉得怎麼回應比較恰當。

「我還以爲是沒趕上公車的旅客，本想載你一程。結果仔細一瞧，唉唷，這張臉看著挺面熟啊。我說啊，你的樣子一點也沒變。」

「都過四十年了。」松永徹面有難色，打斷對方的談話。老人家的熱情只讓他鬱悶，一點也不值得高興。

老人觀察松永徹的表情，搖上車窗說道：

「你老媽一直盼著你回來，原來都過四十年啦。小徹，你沒忘記回家的路吧？」

松永徹環顧四周回答：

「這可難說了。」

「我想也是，有些房子也拆掉了，這一帶的樹木也比以前大多了嘛。聽好囉，小徹。先拐過那座寺廟，直走一會就看得到柿子樹和曲屋了。你實際走一遍就會想起來了。記得，好好孝順老母親啊。」

小貨車離去前撂下的話，像在責備松永徹不孝。

路的北邊是山脈，幾戶農家坐落在緩坡上，紅黃碧綠交織出一片山村美景。

松永徹很懷疑，自己眞的想得起回家的路嗎？不，他還是想不起來。往回走一小段路，有一間荒村不該有的氣派寺廟，「曹洞宗慈恩院」這個名字，他也同樣沒印象。

寺廟的石牆蓋得很高，說不定是躲洪水的避難所吧。往南邊望去，河川流經的方向也蓋了堤防，左右邊則是地勢較低的田埔。

松永徹遵照老人家的指示，繞過寺院的牆角，爬上一條狹窄的坡道，果真看到結滿鮮紅果實的柿子樹，猶如童話般的光景。再走一段就能看到同樣夢幻的曲屋。

松永徹忘記了家鄉的一切，但這裡似乎就是他的老家。

庭院有一小塊田，母親從田地裡站了起來：

「你來啦，你終於回來啦。」

松永徹沒想好該說什麼。看著年邁的母親佇立在午後的陽光裡，他默念了一句「我回來了」。

這個老婦人真的是母親嗎？會這樣迎接一個四十多年沒回鄉的人，老婦人肯定是母親，不會錯的。

松永徹心想，老婦人真像天上掉下來的母親。

「沒迷路吧？」

「剛好有路過的人告訴我怎麼走。」

母親舉起一隻手，望向南方的小徑。

「我也不知道你搭幾點的公車，所以沒去接你，不好意思啊。」

母親摘下老舊的毛線帽，拘謹地低下頭道歉。矮小的身形顯得更加弱小了，沾滿泥土的手套，握著一根剛挖出來的蘿蔔。

母親沒法去接兒子，又靜不下來乾等，才會在田裡眺望著道路吧。

母親將蘿蔔抱在懷裡，有些害臊地說道：

「我都八十六歲啦，身體也不靈活了，下邊的田地就交給年輕的農家去打理了。雖然這樣對不起你老爸的託付，但我種點蘿蔔、芋頭之類的東西，自己果腹就夠了。反正就當是消遣打發時間。」

比起公車上的老婆婆，還有指路的老人家，母親的鄉音聽起來比較好懂。不曉得是自己慢慢聽習慣了，還是母親刻意用比較好明白的說法。

「好啦，也別一直杵在這，先進來再說吧。」

母親跨過田埂，拉起松永徹的臂膀。母親的背打不直了，好在身子還算硬朗。

「小徹啊，你吃飯了嗎？」

「沒有，還沒吃呢。中途要換車來不及吃。」

風吹日曬在母親臉上刻下深邃的皺紋，母親溫柔一笑，牽動了那些皺紋。母親的笑容沒有一絲惡意或虛情假意，簡直跟聖母一樣。

「那我煮雜燴麵疙瘩吧，那是你最喜歡吃的。」

松永徹已經不記得那是什麼料理了，但母親說那是他最喜歡的食物。

「那就恭敬不如從命了。」

母親拉拉他的袖子說：

「小徹啊，講話不用那麼拘謹沒關係啦。我知道你在東京出人頭地了，但這裡是你生長的地方，我是你媽呀。」

母親仰望著比自己高大的兒子，兒子感動得抱住老母親。

所謂的曲屋，是這片土地的平民建築，過去的人都跟馬匹生活在一起。這點知識松永徹還是知道的。

顧名思義，曲屋是鉤形建築，其中一邊是馬廄，當然現在已經沒人養馬了。起居處比馬廄大多了，外圍還有一整圈簷廊。簷廊外的吊鐘花經過細心修整，開出的花朵如烈火般鮮紅。

房子的入口很簡樸，幾乎稱不上玄關，但外頭確實掛著「松永」的門牌。

松永徹自問，這一切我眞的都忘了嗎？爲什麼要忘掉如此美麗的故鄉，忘掉溫柔的老母親和懷念的家園？我不是毫無野心嗎？

松永徹進到房內，抬頭看著挑高的屋頂。茅草搭成的大屋頂，倚靠大量的橫梁支撐。

「怎麼啦，小徹？快點進去取暖吧。」

這裡是他生長的地方，當然沒什麼好稀奇的。松永徹放棄回想那些遺忘的記憶，跟著母親一起進入起居室。

「我一個老人住這房子太大囉，是說這一帶的居民也差不多都這樣。」

的確，這麼寬敞的房子比較像宅邸，而不是一般民房。沒有架高的地面就有十坪左右，登上架高的地板以後，還有寬敞的和室。

「如何啊，小徹？跟以前一樣沒變吧？」

母親說這一帶的房子都差不多，意味著村落都只剩下老年人了。或許母親是刻意保持家裡的樣貌，這樣在外遠遊的兒子隨時都能回來。

一想到這裡，松永徹滿心愧疚，連鞋子都不好意思脫下來。

「我太不孝了。」

松永徹凝視著爐灶的火焰，喃喃道出心中的歉意。

母親來到一旁安慰他：

「沒這回事啦。你拿到大學文憑，還進入大公司就職，已經非常了不起了，結果還當上大老闆。你爸在世的時候可驕傲的呢，而且你現在願意回來，我們做父母的已經很幸福了。」

松永徹愧疚得摀住臉面，他拋下的太多，遺忘的太多了。一個人只要夠冷酷、夠自私，不需要多大的能力或努力一樣可以成功。

「好了啦，我哭也就罷了，你一個大男人抽抽噎噎的成何體統啊？擦擦眼淚吧。」

母親遞上的手巾，有一股溫暖的味道。

「這是老爸的相片啊。」

松永徹上完香，對著佛壇自言自語。

他對那張黑白遺照同樣沒有印象。上方的橫梁也掛著幾張照片，應該是祖父母和曾祖父母。另外還有穿著軍服的年輕人，可能是戰死的叔叔吧。

眼睛忘了以前看過的東西，那麼鼻子和耳朵，還記得以前的聲音和味道嗎？松永徹維持雙手合十的姿勢，豎起耳朵聆聽周遭的聲音，用鼻子聞著房裡的味道。

有小鳥啁啾的聲音、柴火燃燒的聲音，還有母親踩在榻榻米上的聲音。除此之外，再也聽不到其他聲音。

至於味道，有土壤和森林的味道、爐灶飄出的煙味、佛壇上的線香和花朵的芳香，以及母親煮湯的氣味。同樣地，喚不起記憶中的其他味道。

「小徹啊，快來，你肚子餓了吧？」

三坪和四坪的和室共有四間，中間只隔著拉門和門板，基本上沒有個人隱私可言。拆掉那些拉門和門板，就是寬敞的大堂，很適合家族聚會或婚喪喜慶之用。

只不過，松永徹記得的不是老家的和室。在他還年輕的時候，像這種格局的房子並不罕見。比方說，在商業旅館普及前的行腳商人旅宿。以及，過去還沒有西式旅館的時候，滑雪場和海邊的民宿也是這種格局。

因此，松永徹只覺得懷念，不感到稀奇。當然，這種懷念並非出於個人情感。南面的四坪大和室，應該是起居室吧。中央有一座地爐，地爐的周圍鋪設了光滑的木板。

「你要是打通電話回來，我就會先煮好等你了。好啦，來吃吧。」

母親裝了一大碗兒子最喜歡吃的東西。那是用醬油調味的雜燴麵疙瘩，加入了大量的芋頭、牛蒡、蔥，是這一帶的鄉土料理。捏出來的麵疙瘩跟母親的手指一樣大小。

午後柔和的陽光穿透紙門，燒著炭火的地爐好溫暖。

「這是雜燴麵疙瘩。」

「對，是雜燴麵疙瘩。」

湯裡的麵疙瘩，是從麵團一顆一顆揉捏而成的。松永徹喝一口湯，濃郁的香味緩和了緊繃的身心。這已經超越好不好吃的概念，母親的味道讓他拋下了都市的煩憂。

母子倆默默享用遲來的午餐，看起來母親的食欲還不錯。

「媽，您的名字是？」

松永徹喝著熱湯，隨口一問。肚子溫飽了，也漸漸恢復平常心。

「哪有兒子問自己母親叫什麼。」

母親笑了。

「不是，我沒有忘記。只是這個名字——」

「就跟你說了，講話不用那麼拘謹啊。」

松永徹放下碗筷，重新問了一次：

「那好，您就當我這不孝子拋棄故鄉，連母親的名字都忘了吧。」

「呼嗯～」母親傻眼地嘆了一口氣，用缺了一邊的門牙咬蘿蔔乾：

「你再換個說法。」

松永徹清清嗓子，重新再說一遍：

「我一個人在外放蕩了四十年，妳的名字和家裡的事都忘了，跟我說說吧。」

「嗯。」這次母親總算滿意了。

「千代，松永千代。」

「是漢字的千代嗎？」

「不是，就平假名。小時候是寫片假名，之後我到花卷地區的工廠上班，人家說要按照戶籍的寫法，所以就改成平假名啦。」

「這多久以前的事啊？」

「我想想喔，應該是戰爭結束的隔一年。我先搭馬車到車站，再改搭火車。」

松永徹算了一下母親的年紀。母親說她八十有六了，一九四六年那時候還是小孩子吧。小小年紀就外出工作，也真是辛苦。

「我說你啊，好不好吃你也說句話呀，替你煮飯怪沒樂趣的。」

「好吃啊，好吃到我都說不出話了。」

「你在東京什麼好吃的沒見過？哄我是吧？」

「沒有啦。」

松永徹遞出空碗，母親又替他盛了一碗。

「小徹啊，煩心的事情就甭提了。只要看到你回來，我就心滿意足啦。」

母親打住了松永徹要說的話。

耳邊傳來鳥兒的叫聲，還有柴火燃燒的聲音。松永徹心想，自己眞是來到了一個啥都沒有的地方，四周連個人影都看不到。

「對啦，你爲什麼不討個媳婦啊？」

母親從窗外拋出疑問。洗澡的地方蓋在房屋後頭的庭院，可能是爲了避免火災。

「單身在東京很普遍啊。」

「這麼多男人單身？」

「沒有，女的也有不少人單身。」

「唉，眞是莫名其妙。」

鄉下還在使用早已被時代淘汰的木製澡盆。一般來說細心保養也撐不了那麼久，看得出有換過木條的痕跡，或許這裡還有老師傅在幫忙維修吧。

母親在浴室外燒柴火。松永徹很好奇，冬天外頭下大雪該怎麼辦呢？

「媽，好了啦，洗澡水已經夠燙了。」

「也是，那我也一起洗吧。」

松永徹嚇了一跳。

「哈哈，嚇到你了吧，開玩笑的啦。」

母親笑了好一會，松永徹不懂哪裡好笑。

浴室外響起踩踏枯葉的聲音，關不緊的拉門被打開了。

「媽，妳開玩笑吧？」

「就跟你說是玩笑話啊。你先起來，我替你刷背。」

「不用啦。」

「怎麼不用？你一個光棍沒人幫你，背上肯定藏汙納垢。」

母親把頭探進蒸氣氤氳的浴室，又是一陣笑。

松永徹不懂為人父母的心情，但或許也該乾脆一點接受母親的好意。當兒子的也不再害臊，大剌剌地盤坐在木板地上。母親依舊笑得很歡快，直接用手替他刷背。

松永徹閉上眼睛，感受母親呵護愛子的手掌。

「哎呀，你的背看起來不像六十多歲的人呢。是東京的食物比較不一樣嗎？還是說，當上大老闆的人，會去做一些特別的保養啊？瞧你光滑的。」

所謂特別的保養，應該是指去健身房或護膚吧？起居室裡有一部老舊的電視，母親當然也了解現代的資訊。

母親了解世間的一切，又甘願跳脫時光的洪流，這也是一種幸福的生活。

「媽，可以一起泡澡啊。」

母親的手頓時停了下來：

「謝謝你的好意。不過，我還是會害羞啦。」

母親往兒子背上淋了一盆熱水，像在對待易碎物品一樣輕柔。母親靜靜地走出浴室，只剩下黑夜的寂靜相伴。

「你餓了吼？飯快煮好囉。」

「慢慢來就好，我加減喝點小酒。」

廚房位在房子的角落，還加裝了一台熱水器。爐灶上放著老舊的日式飯鍋，鍋中飄出了米飯煮好的香氣。

白天搭乘公車的時候，松永徹看到窗外的農田都收割了，所以母親煮的肯定是新米。據說最好的米都會留在原產地，照這樣看來，今晚能吃到非常美味的米飯。

松永徹在地爐邊喝著溫酒，吃著燻製的蘿蔔乾，睡意也越來越濃。躺下來小憩一會就更愜意了。

爐火旁真的好溫暖，上過漿的浴衣和厚袍穿起來也很舒適。老舊的電視播放著七點的晚間新聞，內容左耳進右耳出。事實上，中東情勢和中國國情對他來說很重要，但今天他不想關心那些雜事。

方才，母親要他少說煩心的事情，松永徹也就沒再多講。換句話說，家裡這幾年的遭遇和母親的生活，是不能提的話題。因此，兒子只能被動地回應母親的話。可是，換個角度想，每個游子久久回家一趟應該都是這樣，好像也沒什麼不好。

況且，松永徹本來就習慣一個人生活。他從年輕就不喜歡應酬，不用招待客戶的日子也是早早回家，獨自看電視小酌。

山中傳來大自然的喧囂。大概是起風了，枯葉打在擋雨板上的聲音，令他悠悠轉醒。松永徹並不覺得吵，他的睡意不是來自酒力，而是故鄉的安寧氣息。

「山村的粗茶淡飯，也不知道合不合你的胃口。」

母親往來於廚房和地爐，每次起身都顯得有些吃力。地爐上架起了串好的魚。

「這是溪鮭吧？」

「對啊，我們都叫山女魚。下邊有一座養魚場，鄰家的媳婦也在那工作，回程時會順道送來一些魚。」

那母親平常是怎麼買東西的？相川橋的公車站附近似乎也沒商店。

「不用擔心啦。每個禮拜都有貨車載東西來賣，偶爾我自己也會開車去採買。」

「咦？妳自己開車？」

「跟你說，現在的人整天嚷嚷，說什麼老人家不能開車，年過七十要繳回駕照之類的，都市人才吃那一套。」

這話說得也沒錯。看來那部老舊的電視，確實帶給母親各式各樣的現代訊息。然而，都市生活的常識不能套用在全國各地。就不曉得各地方的電視臺，會不會稍微修正一下那些常識。

「來嘗嘗。」

母親盛了一碗醬煮青菜，近來松永徹也很喜歡這種飯菜。只是，他懶得自己做，又不想去買便利商店的青菜來吃。

「哎呀，這太好吃了。」

「是吼，四十多年來調味一直沒變，好好回味一下唄。」

松永徹吃了一口芋頭，豐富的韻味令他嘆爲觀止。這不單是母親的味道，而是顧守松永家爐灶的每一代母親，堅持傳承下來的味道。

「如何啊，小徹，合胃口嗎？」

松永徹一時說不出話，只是抬頭看著飄上屋頂的煙霧。

自己打理的公司擁有國內最大的市占率，以及傲視全球的業績，現在感覺起來都顯得微不足道了。

「嗯，太好吃了，我第一次吃到這麼好吃的東西。」

母親噴笑：

「最好是你沒吃過更好吃的東西，真好意思講。好啦，你要再喝點酒，還是多吃幾口菜啊？」

真是太奢侈的饗宴了。松永徹不必思考，直接回答要多吃飯菜。

鄉下的黑夜好深沉。

無比深沉的黑夜令人心慌，彷彿飄盪在無邊無際的宇宙中。

山林和蟲子也沒再發出聲響。躺在枕頭上，只聽得到酒酣耳熱後的激昂心跳。

純粹的孤獨會奪走一切的記憶和念頭，松永徹終於明白這一點，他的腦袋和心靈全都放空了。

身上蓋的不是平日慣用的羽絨被，而是棉花塞得很飽滿的厚棉被，沉甸甸的蓋起來相當舒適，好像被一股無形的力量守護著。

這座山村會在深沉的黑夜中，悄悄地被大雪覆蓋吧。

「喔，好冷好冷，洗澡水都涼了。」

拉門的另一邊傳來母親的聲音，母親也鑽入被窩了。

「媽，妳洗澡水沒有再燒一遍嗎？」

「泡過的洗澡水我們不會再燒一遍，女人都是洗冷水澡。」

這已經不是性別歧視，根本就是虐待。不過，鄉下女人大概認為，顧好火燭就是替男人盡心力吧。

「要一起睡嗎？」

一想到母親在棉被裡哆嗦，嬌小的身子縮得更嬌小，松永徹是眞心關懷。

「哪有母親跟老大不小的兒子尋求溫暖的？如果是你爸，我倒樂意接受。」

話一說完，母親沉聲笑了：

「別擔心，我有放湯婆子，很快就暖了。」

松永徹用腳在棉被裡找了一下，起初還沒找到湯婆子。後來腳底碰到一個裹著絨布的橢圓形物體，恰到好處的暖意自腳底源源傳來。

「你睡不著嗎？」

「不是，只是捨不得睡。」

「很安靜對吧？東京的夜晚很吵吼？」

鋼筋水泥的公寓寢室，幾乎也沒有任何聲響。但那終究是密室裡寂寥的靜謐。

「不然，我說故事給你聽吧。還記得嗎？以前你睡覺的時候，總是央求我說故事給你聽呢。」

松永徹不知該如何答覆，母親又問了一次想不想聽。

「我怕聽到一半睡著耶。」

「睡著也沒關係啊，本來就是床邊故事。」

「那麻煩妳說給我聽唄。」

松永徹模仿母親的鄉音，請母親說故事給他聽。

很久很久以前，有這麼一個故事。

故事發生在黃昏時分，相川吹起陣陣寒風。

慈恩院的和尚敲完六聲鐘響，準備關上寺院的山門。卻見一個衣著華美的白髮老太婆，茫然地挨著路旁的土地神像，也不知是哪來的貴人。

和尚心想，這老婦人不像信眾，是不是嫁到遠方的村民回來掃墓啊？和尚上前搭話，老太婆只顧著發愣，一句話也不說。她呆呆地望著民房，自言自語地說：

「原來已經過去幾十年啦，我認識的人都不在了。」

和尚一個不留神，土地神像旁已看不到老太婆的身影。

和尚跑去問投宿的旅客，大家確實有看到這位老太婆。據說，老太婆都在同一個地方走來走去，不斷說著同樣的話。

大家擔心老太婆迷路，正打算一起出去找人。村裡年紀最大的老爺爺聽了，趕緊扯開嗓子叫他們別出去。老爺爺橫眉怒目，語氣也極爲不善。

小徹啊——你可知道老爺爺說了什麼？

大家聽完老爺爺說的話，都嚇得跑走了呢。

「你們別出去。那位老太婆年輕時被鬼神抓走，說來也怪可憐的。她應該是年紀大了，很想家吧。」

沒有人知道老太婆從何而來、從何而去。

現在這村裡的人，每逢寒風呼嘯的傍晚都會盡快回家，以免遇到白髮的老太婆。故事說完啦。

「你睡了嗎，小徹？」

松永徹沒有答話。

「晚安啦。」

剛才爲了說故事，拉門稍微留了一道門縫。現在故事說完了，母親也關上拉門。才一眨眼工夫，就聽到母親發出的酣睡聲。

年輕人厭倦山村生活，離鄉背井的故事自古皆有。年輕人離開家鄉，家中就少了一張吃飯的嘴，也算不上什麼壞事。畢竟在那個貧困的年代，犧牲沒有生產力的老弱婦孺也是稀鬆平常的事情。就當自己的兒女被鬼神抓走，也不會有太多牽掛。反正是人力不可違的超自然力量，以後能否重逢全看命運。

或許母親是藉由這個故事，讓兒子知道她也是聽天由命吧。至少，松永徹不認爲這個故事跟自己無關。

據說被鬼神抓走的小孩，年老後會思鄉心切。然而，當他們回到自己的故鄉，卻發現滄海桑田、人事已非，懷舊的心情被歲月消磨，最後決定忘掉一切。忘掉故鄉的山河，忘掉自己生長的家園，還有母親的容顏。

松永徹終於明白，寬廣無垠的黑夜，其實是失去一切後所餘下的空洞。

「兒子難得回來一趟，只待一晚就走，我當母親的難受啊。」

母親在穿鞋的地方蹲坐下來，目送兒子離開。

「我可以再來嗎？」

「當然啊，這裡是你家。是說我也一把年紀了，等不了太多年啦。」

母親準備了一包新米和燻製的蘿蔔乾，給兒子帶回去享用。吃早餐的時候，松永徹稱讚母親的味噌湯好喝，母親又給了他一包熟成三年的手工味噌。

早晨的氣氛有些凝重，爐灶的輕煙在室內劃出朦朧的紋路。

松永徹要搭的是午後的新幹線，但他實在不好意思再待下去。母親要開車送他到車站，他也婉拒了。母親有些鬧彆扭，只說：「好啦，那就在這裡道別吧。」

鄉下地方的公車一小時只有一班，說什麼也得趕上。松永徹背起沉重的行囊，站起來準備離開。

「小徹啊，昨晚的故事你別放在心上。我只是想到什麼說什麼。」

聽到這句話，松永徹也放寬心：

「我沒有被鬼神抓走啦。」

「是啦，祝你一路平靜啊。」

松永徹起先聽不明白這句話是什麼意思。

「就是路上小心的意思啦。」

眞有意境的道別話。

「好歹也去掃個墓，看看你爸嘛。」

「下次吧。」

松永徹也知道自己這話說得不得體，但還是拒絕了母親的要求。昨天母親多次邀他一起去慈恩院掃墓，他實在是沒那個心情。

「多謝你來看我，有空再來啊。」

母親在身後道別，兒子回頭再看一眼。看到母親雙手拄地，縮起小小的身子向他道別行禮。

今天的山景似乎更加豔紅了。

路上颳起寒風，天空陰沉沉的，好像隨時都會下雪。

松永徹步伐凝滯，有種置身夢境的感覺。被枯草覆蓋的坡道不太好走，背包裡又塞滿母親給的食物，走起路來差點踉蹌。

沿著慈恩院的外牆一直走下去，松永徹注意到一個昨天沒看到的東西。路旁還真有一座長滿青苔的土地神像，跟母親說的故事如出一轍。

他想起那個呆站在路邊的白髮老太婆。

母親說，老太婆的衣飾很華美。昨晚他沒仔細聽那一段，現在回想起來這段描述相當重要。老太婆可能是小時候被人販拐走，或是去侍奉達官貴人才沒回家吧。不過，多年後老太婆攀龍附鳳，穿得起綾羅綢緞了，所以才想找回失去的家鄉。無論人生的際遇好壞，時光都是不等人的，也許這才是整個故事的寓意。

「哎呀，這不是小徹嗎？你昨天才回來，今天就要走啦？」

老和尚在石階上掃落葉，還不忘向松永徹打招呼。

松永徹嘆了一口氣，感覺好不容易做完一場夢，結果醒來才發現自己還在夢裡。

「這村子現在都只剩下老人啦。我兒子也沒繼承寺院的打算，看樣子只好找本宗的宗主商量商量了。」

老和尚的一番話，像在責備他不來掃墓一樣，松永徹也無心搭理。

「公車要來了。」

松永徹直接走過寺院門口。

「千代女士她，很熱心掃墓呢。」

「不好意思，再不走趕不上公車了。」

松永徹回過身，揮手道別。

「承蒙關愛，有空再來啊。」

老和尚雙手合十，說著跟母親一樣的道別話。

公車上同樣載著那兩個看病的老婆婆。

松永徹沒想到這麼巧，老婆婆也表現出很驚訝的樣子，肯定是偶然吧。

「你早啊。」

跟陌生人打招呼，對她們來說應該是很自然的習慣。松永徹也點頭回禮，挑了後面的位子坐下來。

慈恩院的和尚雙手合十，目送公車開走。松永徹抬頭一看，茅草搭成的屋頂就聳立在寺院後方。

松永徹沒有太大的感慨。他確實經歷了一場不可思議的體驗，塞滿白米、醬菜、味噌的包包就放在他身旁，告訴他這一切並不是夢。

車子開動後，故鄉的景色也被拋在腦後。或者應該說，他曾經相信那是故鄉的景色。

公車跟昨天一樣，開過沒有人上下車的車站。

松永徹打開行動電話的電源，躲在椅背後面打電話。

「您好，這裡是聯合信用卡高級會員客服，敝姓吉野。不好意思，麻煩您輸入手邊的信用卡卡號。請開始輸入。」

松永徹分別按下四位號碼、六位號碼、五位號碼，總共十五個號碼。輸入卡號實在麻煩得要死，但人家號稱「全球頂級服務」，這點資安措施也是理所當然。

「請問，您是松永徹先生本人嗎？」

「是的。」

「好的，請問您的出生年月日是？」

松永徹答完後，客服沉默了一段時間，應該是在用電腦進行聲紋分析吧。

「感謝您今天使用聯合歸鄉服務。離服務結束似乎還有一段時間，請問您有什麼不滿意的地方嗎？」

對話總算開始了。這位叫吉野的女客服對答如流、應對得體，沒有愧對「全球頂級服務」的金字招牌。

「沒有，你們服務很棒。只是覺得有點過意不去，就提早結束了。」

「原來是這樣，那我們的服務您還滿意嗎？」

「當然滿意。」

「那麼，現在時間是十一月八日上午九點三十二分，幫您中斷服務好嗎？」

松永徹挺直身子，沒再用椅背掩護。反正講電話的聲音不大，司機不會罵人才對。況且，這通電話也不會講太久。

「對了，未來可以重複使用這項服務嗎？」

「我們很歡迎客人重複使用。只是，原則上無法變更接待您的鄉土和家長。」

「那當然，一個人不會有兩個故鄉嘛，對父母挑三揀四也太任性了。」

「您說得是，那您要先預約嗎？」

「先不用，我還沒決定好時間，改天再聯絡吧。」

「明白了。松永徹先生，我們會靜候您的來電。」

松永徹掛斷電話，一顆心才有踏實的感覺。這一切安排得太過巧妙，他根本分不清虛擬和現實的差異。

公車開過白鳥群聚的湖泊。松永徹反問自己，過去的人生有這麼心滿意足的經驗嗎？人的年紀越大，似乎只會有越多的不滿。

倒映在車窗上的臉龐，還掛著開懷的笑容。松永徹後悔了，爲什麼要急著回去呢？

所謂的故鄉，或許就是這樣的存在吧。

2 室田精一的故事

母親在故鄉盼著兒子歸來。室田精一回到故鄉的車站，狂風夾帶地面的積雪迎面吹來。

他只看到一團模糊的白色物體，從空蕩蕩的商店街逼近，根本來不及反應。那一刻感覺好漫長。室田精一甚至覺得，所有致人於死的災厄也是這樣突然殺來，讓人措手不及。不管是意外事故，還是中風、心肌梗塞這類疾病，皆是如此。

等雪白的怪物通過後，室田精一睜開雙眼，沒想到眼中只有平凡的站前光景，雲層的間隙還灑下淡淡的光華。路人和車子照常移動，彷彿什麼也沒發生過。

地面的積雪也不深，頂多就是行道樹的樹根積了一點雪，廣場和街道都沒什麼水氣。

室田精一看著蒼涼的光景，腳底傳來一股寒氣，腿幾乎要發麻了。這裡即使沒入夜，氣溫肯定也在零度以下。

他身上穿著羽絨大衣，雙腳套著厚底的登山靴。連平常沒在穿的防寒內衣都買了，似乎還是不夠保暖。

眞要說起來，室田精一是怕熱不怕冷的體質。因此，他一年到頭都在跟家人爭吵空調該開幾度。連他這麼不怕冷的人都覺得冷了，顯見這裡的寒冷非比尋常。

公車司機按了一下喇叭，用眼神問他要不要搭車。

室田精一揮揮手，拒絕了司機的好意。反正也不趕時間，他得先塡飽肚子，順便去廁所解放一下。

公車都開走了，他才想到要去確認時刻表。不料下一班車要等一個小時，室田精一暗暗叫苦。

再看公車路線圖，相川橋離這裡很遠，室田精一再次叫苦。

可話說回來，最近他遇到什麼壞事，也就只會暗暗叫苦而已。畢竟，現在他已經沒有急著完成的工作或差事了。日常生活中犯的所有錯誤，都跟別人扯不上關係，所以暗暗叫苦也就差堪告慰了。

計程車司機緊盯著室田精一的一舉一動，似乎很需要他這個客人。都會來的旅客做夢也想不到這裡的交通如此不便，列車和公車一小時都只有一班。所以在司機眼中，都會人的錢特別好賺。

室田精一別過頭，轉身回到車站內。先解放近來虛弱無力的膀胱，再到候車室點碗蕎麥麵來吃。

是啊，反正已經沒有什麼該做的事，很多事情也不再重要了。

「老公，你看一下這個。」

某天，夫妻倆照常一起吃晚飯，妻子收拾完碗筷以後，在餐桌上放了一張紙。

室田精一以爲是哪個嫁出去的女兒要離婚了，嚇得忘了呼吸。可是，他沒聽說女兒有什麼事要鬧到離婚啊？

「我怎麼都不知道？」

「我沒跟你說罷了。」

「別這麼自私好嗎？告訴我前因後果總行吧。」

室田精一關掉電視的電源，難得表現出慌張的模樣。長女和次女都已爲人母，他怕孫子生長在不幸福的家庭。

「你看仔細，跟女兒們都沒關係。」

平日和藹可親的妻子，今天表情像頑石一樣冷硬。室田精一低頭端詳，這才想清楚一件事。女兒離婚不需要父母同意，文件上寫的是妻子的名字，還蓋了印。

「今天你的退休金入帳了，這麼多年來辛苦你了。」

妻子客套地低頭致謝。接下來，她對著啞口無言的丈夫，用一種不帶感情的口吻，闡述自己的主張，活像在開會做簡報似的：

「這金額比我預期的還要多，我也不要求你的不動產或有價證券，給我存款和退休金的一半就好。我想這已經是不錯的條件了，我決心已定，你也不需要跟我談什麼。剩下的事情請跟我的律師談。」

妻子像在打牌一樣遞出名片，室田精一連看都不看，直接掃到一旁。

「我再說一次，別這麼自私好嗎？告訴我前因後果總可以吧。」

妻子直截了當地說道：

「我忍受你的自私三十二年了，不想再多浪費一秒對你說明前因後果。總之，我受不了跟你一起生活，更不想跟你呼吸同樣的空氣。」

室田精一不記得幹過什麼自私的事情。到外地工作是上班族的宿命，而且他也沒有不良的嗜好。換句話說——

室田精一本來想質問妻子是不是紅杏出牆，但他換了一個說法：

「妳有其他心儀的對象了？」

「並沒有，如果有那該有多好。」

「所以我才要問妳理由啊？」

妻子指著丈夫的胸口說道：

「理由就是你。」

室田精一完全搞不清楚狀況，心情倒是寬慰了一點。

從客觀角度來看，妻子雖然有年紀，倒是風韻猶存。她花了不少錢保養，也沒有懈怠服裝儀容。年輕時稱不上特別漂亮，但五十六歲這個年紀很適合她。

妻子說，理由就是你。這句話的意思是，室田精一這個人的存在，就是她想要離婚的最大原因。

的確，這十年來室田精一的身材走樣了，睡覺也會狂打呼。但夫妻是分房就寢的，照理說睡眠不成問題。況且，現在才來嫌棄，做丈夫的也不知該如何是好。

「在我這個丈夫眼中，妳依然很有魅力。」

「多謝稱讚，我還是頭一次聽你說。」

「所以，我會懷疑妳有其他對象也很正常吧。」

「就跟你說沒有了。」

「萬一眞是那樣，我等於失去了妳，還有自己一半的人生。」

室田精一無法思考，感覺嘴巴擅自代替他發言。

「就說不是了。」

妻子斬釘截鐵地說：

「我純粹是討厭你。」

這話說得毫不婉轉，猶如利刃抵喉，室田精一眞的被嚇到了⋯⋯

「妳以爲這算正當的離婚理由？」

「我也不想打官司，只要你同意離婚就好。」

「誰會同意啊？」

「那我自己走，我不想跟你呼吸同樣的空氣。」

室田精一越聽越害怕。家中存款都是妻子管理的，今天入帳的退休金也一樣。

換句話說，妻子握有絕對的優勢才敢提出那些條件。

「我要喝啤酒。」

「自己拿。」

室田精一打開冰箱：

「妳要喝嗎？」

「不必了，談這種事不該轉移焦點。」

室田精一好想痛扁這個女人，但眞的動手就等於給對方一個現成的離婚理由。

「孩子們怎麼說？」

他佯裝平靜地問。

「她們都知道，也支持我的決定，女婿們很驚訝就是了。」

「廢話，一想到自己也可能面臨同樣的下場，他們當然心神不寧啊。」

室田精一也不想跟妻子爭辯。這三十二年來夫妻倆爭吵過無數次，他從來沒有講贏過妻子。

室田精一喝下冰啤酒潤喉，到客廳的沙發坐下。他不想看見妻子絕情的面容。設計成星夜圖樣的橢圓形掛鐘，顯示已經晚上十點，彼得潘和妖精也跑出來跳舞。七年前，女兒送他們這座掛鐘，慶祝夫妻倆結縭二十五週年。至少，當時夫妻感情融洽，家庭也算幸福美滿。

「那妳要搬去哪裡？事到如今也不可能回老家吧？」

「當然不會，我不會給大哥添麻煩的。」

父親留下的這棟房子，多年來都有勤做修整，還相當耐用。占地六十坪的土地，往返市中心不用一個小時，這種條件也具有莫大的資產價值。妻子卻說她不會提出分配房產這麼過分的要求。

「孩子們——」

「我說了，她們都支持我。不過你放心，她們並沒有敵視你。」

「開什麼玩笑啊？我辛苦賺錢供她們念大學，嫁人以後就不需要我這個父親了是吧？男人退休後賺不了錢，就成了垃圾是嗎？」

「你冷靜一點。」

妻子很冷靜，遣詞用字精準無比，態度也非常鎮定，室田精一懷疑她是不是事先準備好劇本。

「這件事跟女兒們沒關係，她們只是支持我跟你離婚罷了。」

無論從邏輯、道德，還是法理的角度，室田精一都無法理解妻子的主張。

他只能試著從生物學的觀點來看待這一切。夫妻本來就是沒血緣關係的陌生人，雙方各自盡了勞動的義務，也順利傳宗接代，所以等後代長大了就沒必要一起生活了，是這個意思嗎？

「就不能好好談一談嗎？」

室田精一裝出從容的表情，試圖重新對話。

「不用了，多說只是讓事情更複雜。我要先去休息，你自己好好想一想吧。」

「喂，妳等一下，沒人這樣搞的吧？」

妻子逕自走出客廳，只冷冷地說了一句：「洗澡水放好了。」

室田精一獨自沉思，無奈腦袋始終轉不過來。熟年離婚這句話他聽過，但身邊沒有類似的案例，他原以爲那只是都市傳說，沒想到現實生活中眞有其事。

他點了一根始終戒不掉的菸，思考著菸癮是不是妻子要離婚的理由。

也不對，光看妻子態度如此堅決，抽菸也只是一小部分原因，不會是主要的理由。妻子對他的厭惡感，肯定是某種更本質的東西。而且套一句妻子剛才的說法，她已經受不了跟丈夫呼吸同樣的空氣。

室田精一拿出手機，卻沒有勇氣打去問女兒。客廳突然變得好空曠，這棟房子屋齡已經四十年了，父親傳下來以後也整修過，要安度餘生沒有問題。本來他打算再住二十年，等眞的撐不下去就賣掉，跟妻子一起搬到公寓，聘請看護照顧他們的生活起居。

除了白頭偕老的結局以外，室田精一對於未來從沒思考過其他可能。

最近他很喜歡吃蕎麥麵。

不是拉麵也不是烏龍麵，就是喜歡蕎麥麵。嘴饞了就隨便找家店吃，還四處造訪知名的麵店，連市公所主辦的「手工蕎麥麵講座」都參加了。

遺憾的是，他在家沒有發揮手藝的機會。現在他已經沒有家人，找朋友來家裡又得說明自己孤家寡人的原因。

「東北的蕎麥麵，很合東京人的胃口啊。」

室田精一說的不是客套話，這裡的醬汁濃郁，很接近江戶的風味。

「是啦，這鄉下地方，也只有蕎麥麵的味道值得驕傲了。」

在候車室獨自經營麵攤的女老闆，皮膚白皙又豐腴，室田精一看不出她的年紀到底多大。

對自己的美貌毫無自覺，這種樸質性情大概就是青春永駐的祕訣吧。

室田精一眺望窗外平淡無奇的站前光景，品嘗蕎麥麵內斂的味道。人的年紀越大，似乎對吃這件事就越講究。

蕭瑟的站前路上，不時有夾雜雪花的狂風吹過。猛烈的雪風一吹來，候車室的玻璃就霧濛濛一片，沒一會又恢復原有的景象。

室田精一突然想到一件事，拿起手機撥打電話號碼。

「您好，這裡是聯合信用卡高級會員客服，敝姓吉野。不好意思，麻煩您輸入手邊的信用卡卡號。請開始輸入。」

這個認證手續未免太麻煩，每次都要先按下十五位數的號碼，才能跟這個叫吉野的客服對話。

不過，「全球頂級服務」本來就不是他用得起的東西，想一想也沒啥好抱怨的。每年甘願繳納三十五萬元會費的貴賓，想必會需要這樣的資安措施，手續繁雜一點也實屬正常。

「請問，您是室田精一先生本人嗎？」

「是，我是本人。」

「好的，請您說出生年月日。」

「我只是要問個簡單的問題。」

「很抱歉，誠如我們先前的說明，這是高級會員的規定，還望您多包涵。」

室田精一壓抑不耐煩的心情，報上自己的出生年月日。

「感謝您今天使用聯合歸鄉服務，請問有何指教呢？」

對話總算開始了。

「我已經到駒賀野的車站了，可是沒趕上公車，我不知道公車一小時只有一班。」

吉野立即給予溫柔的答覆：

「請別擔心，這個舞臺今明兩天都是您專用的，請您放心。至於接待您的家長也會配合您的時間安排，您不需要擔心。」

「喔，是這樣啊，會配合我的行動就對了？」

「是的，聯合歸鄉服務的宗旨，就是讓客人好好享受歸鄉的體驗。請隨您的喜好，自由享受就好。」

「明白了，這麼說來也不用特地聯絡囉？」

「您說得沒錯，一切請放心交給我們，有緊急的事情再聯絡就好。」

「哎呀，讓妳見笑了。我跟其他會員不一樣，前不久還只是普通的上班族。」

室田精一想像著，這個叫吉野的女客服被逗笑的表情。當然，他們素不相識，但他相信對方一定是個美女。

「我們每一位會員都是高貴又正直的好人。」

室田精一很佩服吉野的應對進退，難不成客服教範也有教導這種對答技巧？

「室田精一先生，還有其他要事嗎？」

「啊，沒有了，那我就期待你們的服務了。」

「好的，祝您有一趟愉快的歸鄉之旅。」

講完電話以後，室田精一靠在麵攤的櫃檯上，愣愣地望著窗外的風景。

一陣陣吹來的雪花，看起來就像翻飛飄舞的窗簾。

「哎呀呀，今天風勢眞大呢。」

看不出年紀的女老闆，意外來到耳邊嘀咕了一句，聽起來活像異國的語言。

公車上的乘客都是高中生，穿的還是立領學生服和水手服，這兩種學生服飾在東京已經看不到了。年輕人也習慣寒冷的氣候，大部分的學生都沒穿大衣。

公車開過市區，來到一片廣袤的雪景中。車子每過一站，乘客就越來越少。

當初，室田精一榮升總公司的部長時，收到信用卡公司的升級邀請，那是號稱「全球頂級服務」的黑卡。現在回想起來，每次升遷的時候，就收到「金卡」和「白金卡」的升級邀請，可能公司的人事資料外流吧。只不過，在那個還沒有資安觀念的時代，大家也不太在意這種事情。

身爲製藥公司的業務部長，接待客戶是很重要的工作。醫生和醫院相關人士總是夜夜笙歌，彷彿景氣好壞跟他們沒關係一樣。

升級成高級會員有一些平常人用不到的好處，例如私人小客機的包機服務，或是在高級精品店打烊後包場消費。老實說，這些服務和上班族一點關係也沒有。

況且，他的年紀也不適合打腫臉充胖子。但他好奇地閱讀信用卡公司寄來的說明書，發現某些服務還挺實用的。

比方說，臨時要招待客戶的時候，黑卡會員隨時都能預約到高級餐廳的位子和包廂。突然接到出差的命令，也絕對不會訂不到旅館。

室田精一心想，這些服務的確用得到。配合客戶的行程預約旅館，替客戶接風洗塵是業務部門的使命。每年三十五萬元的會費，自掏腰包支出也不算貴。信用卡公司大概也是看準這一點，才會邀請部長層級的客戶升級吧，部長的工作就是整天接待客戶。

這張黑卡還眞發揮了不小的作用。室田精一提出的要求再倉促，信用卡公司也從沒讓他失望過。預約旅館和餐廳自然不在話下，就連預定旅遊旺季的機票和高爾夫球場，也是有求必應。多虧這些服務，室田精一的業績也大有進境。不知道他有這項法寶的部下，也都讚嘆他的神通廣大。

可是，室田精一也沒有更大的本領了。他是個優秀的業務，也只配當業務，因爲他看不清業界的大局。

少子高齡化的情況日益嚴重，醫療費用也逐年擴大，政府要求藥廠降低藥價，同時推廣便宜的學名藥。於是乎，國內的藥物市場縮小，既存的新藥製造商只剩下兩條路可走，也就是引進海外企業共同經營，或是進行大規模的業務合作。

室田精一看不透業界的潮流，公司需要的不再是業務高手，而是有宏觀視野的年輕人，以及有能力開發劃時代新藥的研究員。

五十多歲的室田精一有足夠的資歷和功勞，本該晉升「業務監察總部長」，結果卻被調到京都郊外擔任「關西物流中心主管」。

室田精一說服自己，他並沒有被下放，這個職缺很適合他度過最後的職場生涯，沒有比這更適合他的地方了。

反正兩個女兒都嫁人了，他的健康狀況也算不錯，就獨自到外地任職。平日從市區的公寓到郊外的職場上班，週末才回東京一趟。偶爾妻子也會來京都，陪他一起參觀寺廟，這樣的日子倒也安穩。

頂級的黑卡已經派不上用場，但他也沒打算解約。

擁有全球頂級的黑卡，對他來說是人生的里程碑，也是個光榮的紀念。所以他打算持有到六十一歲，也就是退休的那一天。

終於，退休的日子到來了。可惜他無緣前往子公司頤養天年，人事單位願意再給他當兩年的物流中心主管，薪資水平卻大不如前。當然，薪資是按照規定給的，但他總覺得自己被糟蹋，上面根本不看重他，只施捨他三分之一的薪水。

公車一路行進，沿途的積雪也越來越深。

沒有光影變化的純白世界，令他暗自神傷。自夏天退休後已經過了半年，現在他還是無法理解自己遭遇的現實。犧牲奉獻了四十年的職場，還有結縭三十二年的髮妻，全都從他的人生中消失了。

天上降下白雪，替銀白世界又塗上一層新的空白。這一帶已經沒有柏油路，車子是開在雪道上的，沒有雪鍊的聲響和震動，搭起來反而舒適。不知不覺間，公車上只剩下他一名乘客。

說穿了，夫妻本就是沒有血緣的他人，一旦失去愛情和感情基礎，只剩下本性的厭惡，婚姻也沒有維持下去的理由。妻子甚至不想跟他呼吸同樣的空氣。

室田精一不希望餘生在憎恨中度過，更不願毀掉三十二年來的家庭回憶，因此他順了妻子的意，沒有找律師對簿公堂。

然而，有件事他實在無法原諒。妻子在攤牌之前，找了一堆冠冕堂皇的理由，騙他一次領完所有退休金。

妻子的說法是，現在這世道沒有一家企業值得相信。萬一老東家倒閉，或是未來被歐美的合作夥伴併吞，分批給付的退休金說不定也會化爲泡影。

妻子年輕時在大銀行工作，對經濟情勢有獨到的見解。過去的高利率時代，存款在妻子手上也運用得當。妻子提出的意見，自然有一定的說服力。

大部分人選擇分批給付退休金，主要是現代人退休後的平均壽命變長，而且也能少繳一些稅金。據說，幾乎沒有人選擇一次領完，除非當事人有貸款或債務要還，或是打算用那筆錢來創業。

講句不好聽的，室田精一被設計了，妻子拿了他一半存款和退休金，總額超過三千萬元。妻子握有未來人生的主導權。

他知道妻子比自己聰明，但他萬萬沒想到，妻子竟是如此無情的人。

好在妻子沒有要求不動產和有價證券，或許這是無情的女人對他略施的小惠。

「下一站相川橋，下一站相川橋。」

冷硬的錄音聲，宣告著目的地快要到了。室田精一擦去窗戶上的水珠，還是看不到哪裡有民宅。他怕自己搞錯地方，被落在這冰天雪地裡那可不得了。

室田精一趕緊從包包拿出文件。那是信用卡公司寄來的說明書，上面介紹了「聯合歸鄉服務」的內容。

說明書上寫道，從駒賀野車站搭乘縣營公車四十分鐘左右（冬季路面積雪，可能會有誤點的狀況發生），在相川橋站下車。搭乘計程車或租車自駕的會員，請以相川橋站附近的慈恩院爲地標。

說明內容恰到好處，不會太多也不會太少。服務的主題是「歸鄉」，或許是怕說太多會破壞歸鄉的興致吧。

「客人，您是要在相川橋下車吧？」

司機好心提醒，室田精一按了下車鈕。其實，車子離到站還有一段距離。

當初，室田精一準備退掉黑卡的時候，正好收到一封看起來很高級的黑色信函，上面還印有銀色的紋樣。

為您獻上歸鄉情懷。

光看這句標語，室田精一還以為是賣鄉土名產的文宣。不過，這種企畫不適合用在高級會員身上，想必是在推銷鄉下的高級別墅吧？不消說，高級別墅同樣跟他無緣，但看一下不切實際的可笑企畫，也別有一番樂趣。

為您獻上歸鄉情懷。

一九七一年，聯合歸鄉服務先後在麻州康考特、肯塔基州伊麗莎白小鎮、亞利桑那州梅薩推廣，如今企畫規模穩定成長，全美已有三十二處情懷鄉土，以及一百多名接待家長。

聯合歸鄉服務提供的不是別墅買賣或寄宿服務，而是一種生活風情，讓各位找回失去的故鄉情懷，重溫那段往日時光。

我們從美國直接引進這套企畫，目前僅提供高級會員使用。

爲您獻上歸鄉情懷。

對聯合歸鄉服務有興趣的會員，請致電我們的客服專員。

——公車在相川橋站停下了。

室田精一用零錢付完車資，走下空蕩蕩的公車。

好在雪停了，只剩冰晶在寒風中飛舞。

附近的地標，好像是叫慈恩院的寺廟。室田精一在候車亭點了一根菸，環顧道路的左右兩側。路上有幾家歇業的店鋪，再遠一點的地方，有個很像寺廟建築的大屋頂。

兩天一夜的歸鄉之旅，不含稅就要五十萬元，室田精一也不曉得這算不算昂貴。如果只當成一趟耍噱頭的旅行，或許是貴了一點；要是眞能享受到所謂的「生活風情」，那這個價碼倒也無可厚非。

更何況，他已經離婚了，跟女兒也越來越少聯絡，早就沒有了金錢觀念。少了一半的存款和退休金，理當重新規畫自己的人生才對。可是，沒有了家庭這個寄託，他不知道金錢還有什麼價值可言。

室田精一吞雲吐霧，內心想的是，就當自己終於回到家鄉，擺脫一切恩怨和瑣事吧。不這樣想的話，這五十萬元實在太貴了。

「哎呀，這不是精一嗎？」

馬路對面停了一輛小貨車，車上的人搖下窗戶。是個穿戴棉襖和毛線帽的老頭。

「果然是室田家的精一嘛，好久沒看到你啦。」

難不成是信用卡公司安排的臨時演員？若真是如此，這服務也太周到了。對了，當初填寫申請書的時候，上面有很多繁瑣的項目，連小時候的乳名都得寫。

「是啊，好久不見了。看您健康如昔，真是太好了。」

室田精一開口也來一段親切的問候，或許是長年幹業務的關係吧。遇到素昧平生的對象打招呼，也要裝出一副很熟稔的態度，這是做業務的鐵則。

這下反倒老人有些困惑了：

「你母親一直盼著你回來呢，快點回家吧。」

老人搖上窗戶，又補了一句：

「對了對了，精一啊。你是不是忘了回家的路啊？我跟你說，你就從那座寺廟拐個彎——」

「慈恩院對吧？」

「對對，走到那你就會想起來了。」

老人的意思是，走到那就會看到他該去的房舍。

「多謝指點，有勞您了。」

室田精一低頭致謝，老人嘴唇一歪，笑著回禮。小貨車開過慈恩院的門前，還按了一聲喇叭，可能是要通知客人到了吧。

他滿心期待，小心翼翼地走在冰凍的路上。

霎時間，他想到一個不祥的字眼，黃昏聚落。意思是整座村落只剩下老年人，連共同生活都維持不下去的窘況。

一個小時只有一班的公車，也沒有高中生坐到這一帶。要從這裡通學並非不可能，但沒有高中生在這下車，代表村子裡已經沒有小孩，也沒有扶養小孩的中年人。

積雪的路面都結冰了，室田精一每一步都走得很謹慎。四周沒有車輛或路人的氣息，耳邊只聽得到風聲。心臟在嚴寒和期待感的刺激下，發出劇烈鼓動的聲音。

室田精一是土生土長的東京人，並沒有故鄉或鄉土這類的歸宿。祖父母好像來自群馬和新潟，早就跟故鄉斷絕往來了。換句話說，從他父母那一代就沒有故鄉可回，這樣的家庭在東京並不罕見。

到了地價翻倍的年代，父親賣掉市區的一小塊地，舉家搬往郊區。這下子，室田家再也沒有一個稱得上故鄉的歸宿了。

室田精一之所以對奇妙的歸鄉服務感興趣，主要是對歸宿有一種美好的憧憬。他對故鄉充滿著無限的遐想。

另一個可能稱得上理由的因素是這樣的。

他曾經孤身一人到美國任職兩年，當年生化技術廣受全球矚目，公司要他前往美國，跟那些先進的醫療企業建立合作管道。

事後回想起來，那或許是公司給他的考驗吧。可惜他的英文不好，還沒有立下功勞就被換掉了。

儘管只待了兩年，室田精一對美國還是深有體悟。那是個充滿活力和衝勁的國度，而且汲汲營營、勤勉不懈。

簡介手冊上的內容很抽象，室田精一卻有具體的猜想。全世界最勤勞、最有活力的商業人士，若想充實度過短暫的假期，絕不會去熱情的邁阿密或吵鬧的拉斯維加斯。他們寧可支付兩天五千美元的高價，也要體驗一下虛擬故鄉的情懷吧。

當然，勞動制度健全的歐洲人不會有這樣的思維。唯有在勞動環境一樣糟的日本，才適合推廣美國這套企畫。

「唷，這不是精一嗎？好久沒見，你長胖了呢。」

老和尚在慈恩院的石階上清掃積雪，想來應該是住持吧。

「啊，您好，眞是好不久見了。」

室田精一的業務嘴又擅自動了起來，這確實是他改不掉的習性，但既來之則安之，他決定配合服務好好演一下。那些從紐約回到麻州「故鄉」的外國會員，應該也會發揮美國人熱情幽默的性情，做出類似的舉動吧。

住持似乎也大感意外，連掃雪的動作都停下來，尋思著該說什麼才好：

「千代女士她啊，很勤於掃墓呢。不然你明天也來一趟吧，相信你父親和爺爺奶奶也會很高興的。」

千代是接待家長的名字吧？故事設定成父親已經亡故，老邁的母親痴痴等待外出打拚的兒子回家。

剛才開小貨車的老人說，走到寺廟拐個彎就到了。

「呃，是往這走沒錯吧？」

「對對，現在路面積雪，也難怪你看不出來。好了，快去吧，你母親在天寒地凍中等著你呢。」

有誰會遺忘自己生長的地方呢？老和尚也許只是臨場發揮，但也真是體貼細心。果然剛才小貨車鳴喇叭，是在通知這位住持吧。

路邊有一座土地神像，上面也積了一層雪。感覺土地神像的頭歪歪的，好像在替室田精一指路一樣。

拐過石牆的轉角，有一條小徑通往杉木林立的山丘，路上的積雪都被掃乾淨了。緩坡上有一棟屋子，那是只有在畫裡才看得到的山村古厝。

室田精一大老遠就看到那棟屋子，整顆心頓時沉浸在這人爲安排的情境之中。他失去了工作和妻子，遍體鱗傷地回到了故鄉。

柿子樹將陰暗的天空一分爲二，矮小的母親在樹下踏步取暖，盼著兒子回家。

「你回來啦，你可終於回來啦。」

看著母親揮舞雙手迎接自己，室田精一拔腿衝上坡道，顧不得身形踉蹌。

「回來就好，不用急。這裡是你家，不會跑掉的。」

清亮溫婉的嗓音，順著寒風吹拂，迴盪在後山之中。母親站在紛飛的冰雪中，笑容滿面地迎接他到來。

「媽，我跟妳說——」

室田精一本想說出滿肚子的委屈辛酸，但他說不出口。

他來到母親面前，重新調整自己的呼吸和情緒。

「我叫室田，勞煩您關照了。」

母親張開老邁的雙眼，顯得有些訝異，接著靜靜地搖頭說：

「你怎麼啦，精一？對自己媽媽講話不用這麼客氣。我終於盼到你回來啦，回來了就好。」

母親戴著厚手套的手，握住兒子凍僵的手指：

「所有煩心事都忘了吧，回來了就好好休息。」

從茅草屋頂滑落的雪塊，像城牆一樣圍住了簷廊。母親牽起兒子的手走向屋內，室田精一聞到一股很香的味道。

「知道嗎，精一。不管發生什麼事，媽媽都站在你這邊。」

門柱上的門牌，標示著「室田」二字。

夜晚好寧靜。

風停了，鳥兒也歸巢了，爐灶的火也熄了。太安靜也不好入睡吧，做母親的就說個床前故事給兒子聽，像小時候那樣。

很久很久以前，有這麼一個故事。

相川村的老人家活到耳順之年，就要到七、八公里山路外的野地自生自滅。有人六十歲還能下田種地，也有人混吃等死。總之，六十歲的人就要逐出村落，這是全村決定的規矩。氣魄好一點的會自己離開，淚汪汪被兒子背走的也大有人在。

深山中的野地只有竹林和芒草，一旦下雪就會被凍死。據說，有人割下芒草搭建小屋，挖一些薯類或草根勉強充飢。

相川村的寺廟後方有一戶人家，兒子非常孝順。家中母親早死，好在父親身體康健、苦幹實幹，日子倒也過得下去。無奈，老人家年過六十就必須離開，無一例外。

到了離別的那天早上，慈恩院的和尚來到家裡，替老人家誦了一段祈福的經文。接著村長也來了，奉上一．五公升的餞別米。

年邁的父親打算自行離去，孝子硬是背起父親，要送父親最後一程。

半路上，父親對兒子說：

「我再活也沒多久，餞別米你留著吃吧。」

孝子說他做不到，父親又說了：

「不然，留給你媳婦和兒子吃吧。」

聊著聊著，父子倆都哭了，山路也走完了，兩人終於來到積雪的野地。野地上確實有一座用芒草搭成的小屋，屋裡還有活著的老人家，招手歡迎父親過去。那些人就是靠餞別米苟延殘喘的。

父親看出了門道，更不願意帶上餞別米。他解下自己的頭巾，包下大半的餞別米交給兒子：

「你就留下這塊頭巾，當作我的遺物吧。」

孝子收下沉甸甸的頭巾，哭著走下山了。

過去這一帶有個習俗，年輕人會在歲末的時候拜訪老人家，留下一些白米。只不過，現在村子已經沒年輕人，這種習俗也就慢慢消失了。

哎呀，你睡著啦，精一？

那故事也說完了，祝你有個好夢啊。

3 好友的忠告

「是喔，聽你講還挺有趣的，再多說一點。」

松永徹提起之前的經歷。果不其然，好友秋山非常感興趣。

「你相信？」

松永徹觀察好友的表情。

「這不是信不信的問題，我比誰都清楚，你不是會吹牛的人。」

心裡的疙瘩總算放下了，這是松永徹頭一次談起那段虛幻的歸鄉經歷。

「阿光，我不是要你分析我的爲人。我是在問你，你相信有這種服務嗎？」

「這樣講的話，現在這世道有什麼能信的？」

在泳池邊休憩的人聽到秋山的大嗓門，都回過頭來盯著他。秋山豪邁一笑，又用更大的聲音向大夥道歉，緩和氣氛。

這間會員制的水療設施，開在大都會的高級旅館中。松永徹偶爾會在週末的時候，挑一天來這個普通人來不起的地方。

據說，過去泡沫經濟期的時候，這裡的會費和保證金就要價一千萬。時至今日，加入的門檻依舊不低。設施只開放給會員和會員的賓客，而且要有其他會員推薦才能入會。換句話說，想加入的人得有基本的禮數，至少在泳池或三溫暖看到名人也要裝沒事。

奇怪的是，這種上流世界的會員資格，會一併傳給新任的社長。可能公司本身就是旅館大股東的關係吧？或者旅館的經營層認爲，與其退還泡沫經濟時賺到的保證金，不如把會員資格過繼給新的社長比較划算。總之，對松永徹來說，這是當社長意想不到的好處。

秋山靠在躺椅上，享受著玻璃窗外灑下的冬日陽光。藏在浴袍底下的體格相當結實，怎麼看都不像同年紀的人。也許自由自在過日子的人，比較不會衰老吧。

秋山光夫根本就是有錢有閒的高等遊民。松永徹推薦他入會以來，每逢週末就會挑一天來這間水療設施。兩個人從學生時代就是好朋友。

「聯合信用卡的高級會員資格我也有。就是那個每年會費要繳三十五萬元，貴到莫名其妙的資格對吧？」

「那你應該也有收到簡介吧？」

「這我就不清楚了，那種信件我都不拆直接丟掉的。點數或折價優惠什麼的，光想就心煩。」

「為您獻上歸鄉情懷。」

松永徹唸起了歸鄉服務的標語。

「你在碎碎唸啥啊？」

「那是簡介上的標語，我就是被那句話吸引的。」

玻璃帷幕蓋成的室內游泳池，外圍有一大片庭園景緻。設施不是蓋在高樓上，松永徹很喜歡這種踏實的感覺。

這裡的會員大多有一定的年紀，健身房也不會提供太劇烈的課程和器材。醫務室有醫師常駐，替會員做健康檢查。餐點是直接從旅館餐廳送來的，高爾夫練習場也有提供專業的教練指導球技。

「你說村民跟和尚都是串通好的喔？」

「講串通也太難聽了，當作是遊樂園安排的角色就好。」

一旁還有真正的椰子樹，高挑的天花板有立體的藍天彩繪，仔細一看，藍天上竟然還有灑水器，著實好笑。

「所以，你的個資都在人家手裡就對了。」

「是啊。不過，人家號稱全球頂級服務，應該信得過吧？」

「喂喂，我說這位大老闆，你也太沒警覺性了吧。」

「光棍的個資有啥大不了的，也就我一個人而已。」

「你還是一樣溫吞啊。也罷，你就是靠這種性情出人頭地的嘛。」

松永徹偷瞄好友的表情，心想這個人絕對比自己更溫吞。大概也沒有人比他更適合這間優雅又慵懶的水療設施了。

秋山光夫在東京的商業區有好幾棟樓，租賃和維修保養全都交給管理公司打點，本人似乎沒在管事。

單憑這一點，秋山已經稱得上是高等遊民了。最令人羨慕的是，大筆資產全是父母留給他的。對一家全球頂尖的信用卡公司來說，這種人絕對是最理想的客戶。

父母的遺產到了他手上，既沒有增加也沒有減少。這應該就叫眞正的「不動產」吧。

「你說，信用卡公司給你安排的母親叫什麼？也姓松永？」

「不然咧？玄關也有掛上松永家的門牌。她叫千代，松永千代。」

秋山本來在享用午後的紅酒，一聽到這段話紅酒直接噴出來，趕緊用浴袍的袖子擦拭：

「呃，我記得你媽長得很漂亮對吧？名字也不叫松永千代啊。」

「松永孝子，孝順的孝。」

「可惜你還來不及孝順，她就仙逝了。幾歲走的啊？」

「五十二歲。」

「這麼年輕就走啦？她以前常請我吃飯，我卻沒參加她的喪禮。」

「不用在意啦。」

「不是，我沒在意。我只是在想，松永孝子被換成了松永千代，你這個當兒子的都不覺得怎樣就對了？」

松永徹回想那天的情景，斟酌自己內心的想法。

老實說，他並沒有把松永千代跟自己的母親看成同一個人。年紀輕輕就去世的母親，一看就是土生土長的東京人，跟那位「松永千代」毫無共通點。

「我壓根沒想到我媽，她們一點也不像。」

秋山又喝了一口紅酒，遙望泳池的另一邊：

「也對，你媽跟鄉村景色並不搭。所以是怎樣？人家提供一個都會大叔嚮往的鄉村，還找來一位完全符合慈母形象的老媽子，是這樣嗎？哎呀，這也太絕了。意思是你徹底迷上了那種情懷，根本沒想起你媽囉？」

「我不否認。我的意思是，那個舞臺很符合日本人心目中的鄉土形象。例如從新幹線前往當地的交通手段，還有偏鄉的風景和民宅，任誰看了都會產生那種情懷。不得不承認，確實安排得很巧妙。」

「爲您獻上歸鄉情懷，是嗎？聽你講得我都心動了。我也去一趟好了。對了，開銷是多少啊？」

松永徹從躺椅上撐起身子，招招手叫秋山靠近一點：

「兩天一夜五十萬元，交通費自付。」

秋山被嚇到了：

「欸，這也太貴了吧？你報公帳是吧？」

「怎麼可能啊，這是私人旅行耶。當然，以一趟旅行來說是有點貴，就當作久久回一趟老家，給老母孝親費啊。」

「話是這樣講沒錯，但我沒那個興致了。」

「怪了，眞不像有錢人會講的話。」

事實上，秋山的金錢觀念意外地精明。別看他是資產家，或許從事租賃業務的人有不得不精明的一面吧。

秋山光夫大學念了六年才勉強畢業。畢業後沒繼承家業也沒找工作，而是去了美國。那個年代美國還是很遙遠的國度，他的夢想是就讀專業學校，成爲攝影師。只可惜沒有人相信他是認眞的。

就這樣過了十年，也沒人知道秋山在美國幹什麼。沒想到，十年後他眞的成了曼哈頓的攝影師。

松永徹去美國出差的時候，碰巧從外派職員的口中得知這個消息。據說，有位日本攝影師專門拍靜物，好比商品樣本之類的東西，工作室就開在蘇活區的舊大樓裡。一開始聽說攝影師叫秋山，松永徹還是不太相信。他當場打電話確認，兩位老朋友在異地重逢分外驚喜。

秋山的父親是典型的好好先生，卻有十分敏銳的商業直覺。在地價上漲以前買下不少房產，建立了龐大的資產。更聰明的是，他在炒地浪潮來臨後，也堅持經營租賃事業，沒有轉賣那些房產。之後地價下跌，他手上還是有房產和租金收入，成了泡沫經濟期少見的倖存勝利者。

父親驟逝後，身爲獨子的秋山帶著金髮的老婆，還有兩個可愛的雙胞胎回來日本。

秋山繼承了父親留下的公寓，將最上層改建成紐約上西城風格的建築，妻子也幾乎成了半個日本人，夫妻倆就在那間房子裡過著悠閒的生活。長得婷婷玉立的雙胞胎，其中一人回到美國發展，另一人嫁去北海道的農家。秋山已經有四個孫子了，卻死都不認老。

就松永徹所知，秋山的人生差不多就是這樣。而且，在他能想到的所有人生中，這也是最幸福的一種。

「好啦，後續的話題到三溫暖聊吧。」

話一說完，秋山脫下浴袍，跳進了泳池。

秋山生性自由豪放，卻保有良好的品格。松永徹很喜歡他那種與世無爭的性情。

這裡的泳池有點類似蠶豆的形狀，更衣室就在泳池對面，後面則是溫浴設施。松永徹懶得游泳，直接用走的繞過泳池。

他突然有個想法，秋山根本就不需要故鄉，所以才嫌五十萬元太貴。秋山過著自由自在的生活，也許並不嚮往人生的歸宿。在秋山眼中，「歸鄉服務」就只是一則趣聞吧。

轉念及此，松永徹生平頭一次羨慕別人的幸福。

「對了，我也沒見過你爸呢。」

二人來到昏暗的三溫暖流流汗，秋山打開話匣子。

「他都忙著工作啊，就是高度經濟成長期常見的拚命三郎。」

「你也受他影響就對了？」

「沒有，我怎麼跟他比啊。我爸連週末假日都在工作，多虧他們那一代的辛勤付出，我這個當兒子的才能享受週休二日，還不用加班。現在這個時代大家都提倡多休息，以前那一套已經看不到了。」

這裡的三溫暖放了石頭在火爐上加溫，他們很喜歡這種正統的三溫暖。室溫比最新型的遠紅外線三溫暖來得高，有點燒灼感的乾燥空氣，反而是一種享受。

他們的學生時代正好是三溫暖草創期，二人經常蹺課去三溫暖。那個年代三溫暖還是有錢人的享受，不缺錢的秋山偶爾會請客。

「你爸幾歲走的啊？」

「六十一歲。一到退休的年紀就辭掉工作，說要過悠閒的人生，結果就走了。」

「你媽五十二歲仙逝，你爸六十一歲。你們家是不是都活不長啊？」

「時代不一樣啦。現在醫學這麼發達，我們就算活到八十歲，也會有人說我們早死。」

「聽說單身的人命都不長喔，尤其男性更是如此。」

全世界大概只有秋山會對松永徹說這種話，沒有利害關係的好朋友，實在太難能可貴了。

「我跟你說，阿光。我啊，打算收掉家族的墳墓。」

「幹麼啊？」

「不然，以後還要麻煩親戚幫忙顧。乾脆把墳墓都撤了，等我死了骨灰直接撒大海就好。」

「你講眞的講假的？」滿頭大汗的秋山，轉過頭對好友說：

「別鬧了啦。你確實是懂得瞻前顧後的人，可是你現在想自己的後事幹麼？我知道這樣講不太好聽，人生把眼前的事情顧好就好，何苦連結局都要算到？」

語畢，秋山沉默了一會，也不曉得在想什麼。

「欸，等一下喔，難不成……」

秋山拱起精壯結實的背脊，發出沉吟的聲音。

「怎麼了？身子不舒服嗎？去外面透透氣吧。」

松永徹伸手關心好友，秋山拍掉他的手，挺直背脊說：

「不用，三溫暖流點汗而已，我沒這麼虛。你剛才說，你在那個什麼村落，本來還要去掃墓是吧？」

「人家叫我去掃父親的墓。是說，那應該只是客套話吧？」

「話不是這麼說，你不是說玄關還掛上松永家的門牌？照此推算，準備你們松永家的墳墓也沒啥好意外的吧？」

松永徹想笑，卻笑不出來。那個自稱「松永千代」的老婆婆邀他去掃墓，就當是客套話好了。問題是，回程時碰到慈恩院的住持，住持也提起掃墓的事情，兩個人總不可能事先套好吧。慈恩院的老和尚還說，松永千代平常很勤於掃墓。

「我說的有道理吧？」

「嗯嗯。」

慈恩院眞的有備好松永家的墳墓嗎？

「要是準備這麼周到，那五十萬元算便宜了。」

松永徹感覺身上冒出的都是冷汗。他們準備的是保麗龍製的道具，還是眞的經歷過風雨吹打的墓石？

「該出去了，阿光。我頭都快暈了。」

松永徹率先離開三溫暖，也沒沖身子就跳進水池。他一頭潛入水中，用手洗把臉。總覺得自己被什麼鬼怪迷了心竅一樣。

「松永啊，你果然不夠謹慎，你的一切都被信用卡公司摸透了。啊，泡水眞爽。」

秋山謹愼地適應水溫，同時說出上面那段話。

「你要這樣講我也沒辦法，我好歹也是公眾人物。除了住址和電話以外，我的資料在網路上都找得到。」

「連你沒成家，還打算撤掉祖墳的事都知道？」

「不會吧，這怎麼可能——」

「我就是在跟你說這種可能性啊。」

松永徹想起了相川村的秋季風光，每個細節都記得一清二楚。現在那座村子，已經被大雪覆蓋了吧。

那趟旅行帶給他無比的滿足和感動，他之所以提早離去，主要也是想好好保留那分滿足和感動。繼續待下去的話，扮演他母親的人可能再也無法維持完美的演技，或是說出什麼不該說的話，破壞那段完美的虛擬現實。

松永徹在回程的巴士上打給客服專員，也是想盡早分享自己的滿足和感動。

有那分無可取代的歸鄉體驗，一年三十五萬元的會費，還有五十萬元的包宿旅費，說眞的也不算貴。

不過，這麼棒的服務還是有一個缺點。

享受過歸鄉體驗的人，無法跟其他人分享這種滿足和感動。這等於是在坦承自己是孤獨的人，孤獨到想用錢買一個根本不存在的故鄉。若沒有秋山這麼豪放又寬容的朋友，松永徹也只能自己憋在心裡。

沒錯，享受過歸鄉服務的人，不會說出自己的經驗。會使用全球頂級服務的人，都有一定的社會地位。

換言之，歸鄉服務也許還有更深一層的含意。

比方說，除了給那些沒有故鄉的會員一個歸鄉夢之外，是不是也提供孤家寡人的會員一塊長眠之地呢？當然，使用這項服務的人，也不可能跟其他人商量。比起撤掉祖墳，把自己的骨灰撒向大海，這方法至少清靜省心，也算是回到故土。

秋山光夫提到的可能性，應該就是指這件事吧。松永徹不打算多做議論，怎麼說這都是個人問題。

他們年紀也大了，不適合往返於三溫暖和冷水池。正好身體也開始覺得涼了，二人泡入並排的浴槽裡，最近溫熱碳酸浴似乎挺流行的。

溫浴設施看不到其他人影，頭頂上照樣是一片立體藍天彩繪，棕櫚葉擺動的聲音，營造出南國的風情。

「據說，這套服務在美國很受歡迎，才引進日本的。」

關於這一點，松永徹想問問好友的意見。秋山在美國住了很長一段時間，還娶了個金髮碧眼的老婆。秋山介紹過一些美國的風土民情，還有日常生活中的實用會話，那些都是工作上用得到的知識。

「以前常聽人說，在美國受歡迎的東西，搬來日本也會受歡迎。好比電視購物、大型商場之類，都是一些小島國不需要的玩意，結果還眞的大受歡迎。」

「照你這樣說，歸鄉服務也……」

「不，這可難說了。歸鄉服務牽涉到的是人性，兩國的民族性不一樣啊。」

二人舒服地閉上眼睛，秋山光夫提出的論調滿有趣的。

Home town、Home village、Native place。

這些英文跟日文的「鄉土」有微妙的差異。英文的說法比較接近「出生」，並不帶有鄉土或故鄉這類的精神涵義。

這跟兩國的歷史長短、風土民情、飲食文化都有關係，也是家族主義和個人主義的差別所在。日本人說的「故鄉」是指父祖輩的來歷，美國人說的「Home town」則是出生地，或是父母居住的城鎮。

「話說回來，我們兩個都沒故鄉。你要說東京是我們的故鄉，那也行。只是，沒有人會把高樓大廈或公寓，看成自己的故鄉吧。」

松永徹不太了解美國人，卻幻想著美國人可能有的歸鄉夢。美國人都是現實主義者，應該不會跟他一樣，沉浸在歸鄉的情懷中吧。美國人也不可能自行編造一套故事，把自己當成四十多年沒回家的不孝子。他們前往假想的故鄉，大概也只是喜歡鄉村的景緻，然後把款待他們的老人家當成臨時的家人，重溫年少時的記憶。

「你說的歸鄉服務，搞不好在日本也會受歡迎吧。」

秋山喃喃自語。這位好友看似豪放不羈，實則思慮周延：

「可是啊，松永。你千萬別犯傻去買那裡的墓地喔，去那種地方掃墓太麻煩了。」

4 妹妹的忠告

「大哥，拜託你不要自作主張好嗎？」

雅美粗魯地推開客廳的門，馬上就傳來這段魔音穿腦。

室田精一在對講機上看到妹妹氣急敗壞，本來想假裝不在家的，但他忘了鎖上大門。

「不好意思，我不小心睡著了。」

室田精一癱在沙發上裝傻，其實他也知道妹妹跑來發飆的原因。之前妹妹打電話來，說要趁歲末去掃墓，當時他就有不好的預感。不過，妹妹也是顧慮到哥哥剛失婚，才決定代爲掃墓，當哥哥的又不好意思拒絕。

室田家的墓地位在民營鐵路沿線的寺廟裡。那座廟本來位於東京的下町地區，好像是關東大地震還是東京空襲的時候燒掉了，所以轉移到郊區。祖父去世以後，室田家的墳就寄在那座寺廟了。

父母選在這裡蓋房子，可能也有方便掃墓的考量吧，妹妹結婚後也在距離兩個車站的地方買了公寓。東京的鐵路是呈放射狀往外擴散的，據說大多數的東京人，都會跟親戚住在同一條鐵路沿線上。

「大哥，我跟你說——」

妹妹緩了一下口氣和情緒，坐到室田精一的對面：

「我是不曉得你們夫妻之間出了什麼事，但大嫂也太過分。我跟我老公聽到都傻眼了。所以啊——欸欸，你有沒有在聽啊？」

妹妹關掉電視的電源。

「我有聽啊。不好意思啦，讓妳操心了。可是，雅美啊，俗話說覆水難收，現在講這個也沒意義啦——」

「不要講那些婆婆媽媽的東西啦。對了，你說要遷家族墓，到底是怎麼回事？而且還要遷到岩手縣，那裡跟我們家一點關係也沒有啊？解釋一下好嗎？」

不好的預感果然應驗了，早知道就不該打給寺廟詢問遷葬事宜。妹妹去掃墓，廟方肯定會跟妹妹提起這件事。

「我女兒都嫁人了，室田家也就到我這一代爲止。妳說我自作主張，現在姓室田的也就剩我一個，沒差了吧？」

「吼，少窩囊了。」妹妹摀住臉龐說道：

「室田家的墓我來顧，我也會叫小孩去掃。什麼叫室田家就到你這一代爲止啊？大嫂那種人値得你留戀嗎？其實我老早就擔心會有這一天了。」

室田精一認爲這純粹是詭辯，但在高中教書的雅美口才很好，而且個性跟母親一樣剽悍強硬。

「不是嘛，我不想給女兒還有你們家添麻煩啊。我也不是眞的馬上就要遷葬或幹麼，只是先跟寺廟那邊商量一下。」

室田精一還來不及斟酌說法的好壞，雅美又開口罵人了：

「你還說自己沒有要幹麼？不然家族墓爲何要遷到岩手縣的花卷一帶？大哥，你是不是之前去那裡出差有養小三啊？結果被大嫂發現，她才跟你離婚是吧？這說得通喔。」

「別講傻話好嘛。」

「那你好好解釋啊，爲什麼要把爺爺奶奶、爸爸媽媽的遺骨帶去那個地方？」

「我自己就想葬在那裡嘛，所以才要帶爺爺奶奶、爸爸媽媽一起過去啊。反正室田家就剩我一個了。」

「你這算哪門子解釋啊？欸，我是站在你這一邊的。我保證絕對不會批判你，有什麼事你老實跟我講。」

妹妹這種存在對男人來說實在太難搞了。不能打也不能罵，妹妹撒嬌一下，當哥哥的也只好百依百順。偏偏妹妹開始說教的時候，講出來的話又比任何人椎心刺骨。

雅美利用煮咖啡的時間，幫忙打掃髒亂的廚房。年近六十的女人傷心落淚的模樣，看了還是令人心疼。

到了這個地步，室田精一不得不說出那段奇妙的經歷。

欸，我是站在你這一邊的。

雅美這句話打動了室田精一。他們兄妹的感情沒有特別好，個性也截然不同，哥哥繼承了爸爸憨厚又優柔寡斷的性格，妹妹則跟媽媽一樣纖細又堅強。二人各自成家立業，父母也都去世了，當然沒有以前那麼親密，但妹妹的一句話，讓室田精一感受到了親情。

同樣的一句話，室田精一之前就聽過了。他不必探索記憶，一下就想起了大雪中的古厝，還有滿臉皺紋的老婆婆。

（知道嗎，精一。不管發生什麼事，媽媽都站在你這邊。）

就那麼一句話，讓他整顆心都被虛擬的鄉土占據了，實在是感人無比。

在地爐旁邊享用的鄉土料理，好吃到不像這個世界該有的食物。飯後在雪中的小浴室泡澡暖暖身子，喝點小酒打發時間，聽著哀傷的故事入眠。

當然，室田精一沒有忘記這一切都是編造出來的。打個比方，他覺得自己是在體驗大人專用的遊樂設施，而且這設施還做得很精緻。就好像小孩子去遊樂園玩一樣，明知一切都是假的，還是樂在其中。

一夜風雪過後，隔天天氣放晴了。母子二人在簷廊曬太陽聊天，度過一段悠閒的時光。室田精一甚至懷疑，時鐘的指針怎麼跟他的體感時間有落差。

他心裡非常清楚，那個自稱「室田千代」的老婆婆不是眞正的母親。可是，有一個人願意無條件支持自己，身分的眞僞似乎也不重要了。

沒錯，重點是無條件支持自己。

室田精一被老東家和妻女拋棄，連存款也丟了一半，但只要有這座避風港和母親，他相信自己就能安然度過餘生。

中午時分，一位陌生的農家主婦帶來手工製的蕎麥麵條。

「這是後家的媳婦啦，你去東京打拚之後，她才嫁來我們這裡。」

後家並不是姓氏，而是指後面那戶人家的意思。室田精一也不知是眞是假，總之還是感謝對方平日關照母親。主婦笑著說不客氣，一臉靦腆地離去了。一看就是在偏鄉獨挑大梁的剛毅農婦。

「她有一個聰明的兒子，考上了東京的大學。可惜去了東京就不回來了，沒辦法。太聰明也不好啊。」

室田精一有種被母親責備的感覺，找不到話好說。

農婦拿來的手工蕎麥麵，香味濃郁又富有嚼勁，跟他那種玩票性質的手藝相比，簡直是天壤之別。

「好了，一起去掃墓吧。」

昨晚母親邀他一起去掃墓，他原以爲是客套話。沒想到，母親眞的開始準備掃墓要用的東西。

「你在磨蹭什麼啊，精一？爸爸在等你喔。」

現在回想起來，昨天在慈恩院遇到住持的時候，對方也談起掃墓的事。

室田精一有股說不出的古怪感受，卻又找不到拒絕的理由。他反而很期待對方會帶給他什麼樣的驚喜。

按照母親的說法，過去相川村是相當熱鬧的驛站。一直到昭和年代都還有小學，顯見這些年人口外流和老化問題特別嚴重。

實際來到慈恩院門前，看上去確實是座氣派的古剎，跟周遭恬淡的景緻有些不搭調。正殿的屋頂猶如白雪靄靄的山巔，右邊的伙房玄關，還有精美的博風板。只不過，整體給人一種寂寥的印象，彷彿也受到村落凋零的影響。

老住持在境內掃除積雪，現在才入冬沒多久，日後眞下起大雪該如何是好？

「這村子現在只剩下老人，我兒子也不想繼承寺廟，看樣子只好找本宗的宗主商量商量了。」

住持帶領母子二人前往後方的墓地，講話的語氣聽起來不太自然。也許住持爲人憨直，或者是因爲職業的關係，不習慣說謊吧。

穿著老舊僧衣的住持，一路上都沒有回過頭來。這些人並不是專業的演員，而是承接信用卡公司外包業務的善良村民，他們正在盡自己最大的努力款待來客。一想到這裡，室田精一很過意不去。

母親也說了幾句，替住持幫腔：

「住持啊，現在村子連繼承農業的年輕人都沒了，令郎不肯當和尚也無可厚非啦。只是這座寺廟不能倒啊，請您一定要跟宗主詳談，請他們想想辦法。」

這肯定不是事先套好的臺詞。

「是啦，這世道和尚也越來越少了，每間寺廟都經營得很辛苦。可話說回來，墓地不能沒人打理啊，相川一帶就只有我們這座寺廟了。」

這想必也是真心話，母親和住持的對話虛實交錯，室田精一根本插不上話。

正殿後方有一片寬廣的墓地。昨天室田精一到站下車的時候，被開著小貨車的老人家叫住。那位老人家正拿著鏟子剷雪，幫他們清出一條路來。

「哎呀呀，眞是辛苦您了。精一啊，這位是後家的老爹，人家一聽說你回來掃墓，就特地來幫忙剷雪呢。」

換句話說，這位老人家是中午那位農婦的公公，而且這應該就是他的眞實身分，並不是刻意安排的角色。

「您好，昨天我們在公車站見過面對吧。」

室田精一笑著打了聲招呼，內心卻在斟酌到底該如何應對。

老人家似乎也不知該做何答覆，只見他摘下頭上的毛線帽，躬身行了禮：

「這窮鄉僻壤的，勞您大駕光臨啊。」

母親趕緊打斷老人家的話：

「多謝啦，阿稔。精一他爸還盼著兒子回來呢，我得趕快帶他去掃墓才行，辛苦啦。」

一行人在小徑上又走了一段路，看到光禿禿的栗樹下有座氣派的墳，上面刻著

「一生不離叢林」幾個字，但沒有刻上「室田家」。不過，旁邊倒是立有木料製成的供養牌，上面寫有施主「室田精一」和「室田千代」之名。

室田精一心想，這安排確實很周到。

「老伴啊，精一現在功成身退，回來看你啦，你好好誇他幾句。他把良藥分送到醫院和醫生手上，幫助了好多病患。老伴啊，你該以他為傲。」

母親在墳前上香獻花，口中唸唸有詞。住持也在一旁誦經。

室田精一不認為自己的人生有多了不起。可是，往日一切經過母親的一番話洗滌，感覺好像真有這麼回事。

原來製藥公司的業務員和物流中心的閒職，也是拯救性命的工作。這是他從來沒有想過的事情。

合掌助念的心，掀起了波瀾，身體也在微微打顫，母親輕撫著他的背部。

室田精一也不曉得自己在感慨什麼。只是，跟空洞的現實生活相比，這個虛擬的世界實在太美麗、太豐沛了。

他對著素未謀面的亡父追悔自己的不孝，之後抬頭仰望冬季的藍天，對母親和住持提出了一個要求：

「我以後可以葬在這裡嗎？」

母親回答：

「說這什麼話，當然沒問題啊。」

住持雙手合十，平靜地說道：

「寺廟一定會存續下去，請您不用擔心。這是您與本寺的佛緣。」

庭院和客廳也隨著外面的天色暗了下來。

「整件事差不多就是這樣。」

妹妹沒說話，只是點了點頭，伸手摸摸染黑的頭髮，沉思了好一會。妹妹和妹婿都在工作，照理說家境還不錯。而妹妹的舉手投足，也的確有種從容的貴氣。

聽室田精一娓娓道來，妹妹也漸漸冷靜，她個性雖然有些古怪，但處變不驚的沉穩風範跟母親一模一樣。

「按常理推斷，那可能是邪教詐財的陷阱吧？我先跟你確定一下，真的沒問題嗎？」

這件事本來就令人難以置信，妹妹有疑慮也實屬正常。

「那是曹洞宗的寺廟。」

「這麼巧，跟我們家結緣的寺廟一樣嘛。」

「純粹是偶然，要遷葬應該也不會太麻煩才對。」

「拜託你先不要自作主張喔。總而言之，我知道你在外面沒有養小三。」

室田精一想到包包裡還有歸鄉服務的簡介手冊，便連同信用卡一起交給妹妹。直接給妹妹看證據，比說明要來得快。

「我瞧瞧。爲您獻上歸鄉情懷，挺吸引人的標語呢。」

妹妹閱讀簡介手冊，嘖嘖稱奇：

「這就是黑卡啊，我還是第一次見識。眞不愧是企業菁英。」

妹妹靠著窗外的斜陽，仔細端詳手中的信用卡。

「不是塑膠卡喔？」

「鈦合金製的。因爲有點重量，用起來不太方便，所以我也有塑膠卡。這張卡沒有額度上限，連賓士都買得起。」

「有那個額度，你也不會買啊。」

「點數永遠不會歸零，活久一點就能靠點數買賓士了。」

「眞像你思考的方式。」

「我的意思是，那是頂級信用卡公司提供的服務，信得過。」

妹妹靠在沙發上，歪著頭不置可否。

「那可是全球最頂級的服務，一年會費就要三十五萬元。」

「是喔。」妹妹略表感佩，隨後整個人彈了起來：

「你說，一年會費就要三十五萬元？」

「從戶頭自動扣款。」

「大哥，我跟你說。人家的服務頂不頂級我不管，一般人根本不會花這筆錢好嗎？為什麼你連金錢的加乘效益都不會算啊？跟小時候完全沒變嘛。這下我總算明白，為什麼大嫂要離開你了。老公沒金錢觀念，跟這種人在一起怎麼可能靠年金度日啊？」

「喂，雅美，妳不是挺我的嗎？是妳說絕對不會批評我，我才一五一十告訴妳的。」

昏暗的客廳裡，兄妹倆凝視著對方。妹妹苦思良久，卻想不出該說什麼，最後站起身來穿上外套：

「我該回去煮晚飯了。大哥，我老公也快退休了。一想到之後每天要替他張羅三餐，還要整天跟他大眼瞪小眼，老實說我也挺嘔的。我老公衛生習慣很好，為人又嚴謹，幾乎不需要我操心，但還是會覺得煩。」

剛才說的那些話，也不知道妹妹聽懂了幾成。室田精一相信妹妹是支持自己的，但還是很後悔說出那段經歷。

妹妹打開客廳的電燈，臨行前撂下了這段話：

「我跟你說，大哥。笨蛋我是眞的挺不下去，身爲室田家的人我也不贊成遷葬。你這麼想要故鄉的話，隨你高興，你一個人葬在那裡吧。我走了，你多保重。」

5 古賀夏生的故事

聽說，北國的春天不是漸進式的，而是做一次春暖花開。實際見識到那樣的美景，古賀夏生只覺得自己運氣好，躬逢其盛。

聚落開滿了櫻花和梅花，山麓也有辛夷花和山茱萸。路邊更有連綿不絕的連翹花、珍珠花、芝櫻。車窗外花團錦簇，簡直目不暇給。

早幾天或晚幾天來，大概也看不到這樣的花海盛景吧。

一想到這裡，古賀夏生認爲這份幸運是母親留下來的禮物，心中不免感傷。

母親是在東京花季到來時去世的。母親在世的時候常說，希望長眠之日有花朵相伴，也算是求仁得仁了吧。母親緊急住院的時候，櫻花只開了一半，等她快走的時候，窗外已經開滿了花海。

簡單莊嚴的葬禮結束後，古賀夏生趁還沒去京都參加研討會，替自己安排一天假期，正好碰上空前絕後的春季絕景。

遠方的山巔還頂著白雪銀冠，藍天萬里無雲。白雪和藍天並未蓋過花海美景，大自然調和得恰到好處。

有兩位老婆婆穿得很保暖，應該是去鎮上看病吧，交談聲可謂中氣十足。古賀夏生聽出血壓和血糖這類字眼，無奈老人家的鄉音太重，聽不出完整的內容。好在她沒有負責診治外來病患，否則連問診都有困難。

她從駒賀野車站轉搭公車，顛簸了半個小時左右。按照路線圖標示，相川橋還要再過一站才會到，每一站的距離也不算短，所以抵達目的地還要一段時間。

北國冬天都會下雪，公車一個小時又只有一班，老年人去醫院看病可不容易。

古賀夏生思前想後，突然感覺自己年紀大了。母親一去世，她也一併失去了爲人子女的安逸身分。六十歲該承受的重擔，終於落到她的肩頭上。當然，這樣的痛苦也沒有時時刻刻刺激她，只是每天會想起兩、三次，就好像被迫穿上溼透的衣服一樣不自在。

古賀夏生轉頭眺望窗外的春季美景，不再聆聽陌生的方言。

櫻花、梅花、辛夷、山茱萸，美不勝收。

或許是她一直忙著工作，沒有閒情逸致賞花的關係，這些花海看起來才特別漂亮吧。

連翹花、珍珠花、芝櫻，盡收眼底。

她把醫師身分當成唯一的寄託，到頭來眞成了無依無靠的孤家寡人。

父親三十多歲就英年早逝。過去戰時被徵召入伍，退役後又重讀醫學院，是志向遠大的人。

據說，奪走父親性命的是一種叫腸結核的病。除了父親以外，古賀夏生沒聽過有人罹患相同的疾病。抗結核藥問世後，這種病也跟肺結核一樣被根治了。

古賀夏生是母親一手帶大的，母親從事護理工作，本來她也想走同樣的路。不過，升上高中後她有更大的抱負，夢想成爲醫生。

私立的醫學系學費太貴，自然不在考量之內，母親應該負擔得起國立或公立的醫學系，於是她跟母親商量。

母親反對她當醫生，重點不是學費的問題，而是這份工作的付出和回報不成正比。母親苦口婆心告訴她，醫院的工作和實習醫生的生活有多苦，甚至有可能跟父親一樣，染上危險的疾病。或許在資深護理師的眼中，醫生就是份吃力不討好的工作吧。

不料幾天後，上完夜班的母親拖著疲倦的身子回家，竟然改口同意她當醫生。

古賀夏生不知道母親爲何改變心意，只覺得母親的決意並不堅定，因此也不敢多問原因。

可能母親找值班的醫生或同事商量，或是在夜深人靜的值班時間，自己想出了結論。總之，決定她人生方向的重大時刻，既不是大學入學考也不是國家資格考，而是得到母親同意的那一刻。

醫生是吃力不討好的工作。

古賀夏生從來沒有忘記母親的這句話。

就算沒有重考或留級，要當上醫生也得先念完六年醫學院，再完成兩年實習。等她眞的當上大學醫院的醫生，收入卻比進入大公司就職的同學還要低。辛辛苦苦做研究寫論文，但醫學博士的頭銜對職涯沒有太大的幫助。

每個禮拜還要值一、兩次的夜班，行程就跟蜂巢一樣塞得又多又滿。

有些醫生還是有辦法抽空談戀愛，順利結婚生子。那些人的本事古賀夏生學不來，她的人生並非沒有姻緣，但當下都沒有發覺，等到事過境遷才知道自己錯過了一切。

母親一直到六十歲都還在做護理師，結果一退休整個人變得老邁昏聵，到了七十歲還有嚴重的失智症。而母親又是脾氣硬的人，照顧起來也特別費力。

開始照顧母親以後，古賀夏生才明白母女相依爲命的日子有多辛苦。些許的社會地位和經濟能力，在這種生活根本派不上用場。母親需要的是女兒相伴的時光，無奈醫生最缺乏的就是時間。

古賀夏生很清楚，所謂的平均壽命只是一項統計數據罷了。以平均壽命來衡量人生沒有太大的意義，送行的人有沒有恪盡職責、有沒有接納親人的死亡，才是決定結局能否圓滿的關鍵。

古賀夏生的心中就有遺憾。她工作太過繁忙，沒時間去安養機構探望母親。坦白說，她也沒把失智的母親當成母親，她的母親早就不在了。而她眞正無法原諒的正是這種觀念，反倒不是自己的行爲。即使她在漫長的看護生涯中，早已精疲力盡，也無法原諒自己把母親當成累贅。

「哎呀，這不是小夏嗎？你是古賀家的小夏對吧？」

古賀夏生到站下車，馬上有人叫住她。

感覺好像公車一開走，舞臺就拉開了簾幕。朝她搭話的女子，站在道路的另一邊。

「是我啦。是說，妳應該也不認得我了，我是妳以前的同學佐佐木幸子啊，我們念同一間學校。」

古賀夏生搞不清楚到底是怎麼一回事。

這個人是不是在村子裡開雜貨店的？老舊的店鋪裡有些酒瓶擺在貨架上，還有少許的食物和雜貨。整間店只有「佐佐木酒鋪」這塊看板特別氣派，她想起以前聽過一個說法，在衰退的商店街裡，能撐到最後的店家一定是酒鋪。

當然，相川橋車站附近也稱不上商店街，除了佐佐木酒鋪以外，其他店鋪早就關門沒人打理了。

「伯母逢人就說妳要回來了，每次公車到站我都很緊張。對了小夏，妳保養得不錯，看起來跟我不像同一個年紀的呢。」

古賀夏生終於想通了，聯合歸鄉服務就是從這一刻開始的吧。

她可不想把這種鄉巴佬當成同學。然而，如果自己沒有化妝、沒有去美容保養，也不顧慮外貌，大概也會變成這樣。

「叨擾了。這裡眞是漂亮的好地方，到處都開滿了花。」

古賀夏生微笑以對。除此之外，也沒其他話好說。

「回到自己的故鄉，不用這麼客氣沒關係啦。小夏啊，妳太久沒有回來，應該也忘記回家的路了吧？」

「啊，是。」

古賀夏生還是想不出其他的答覆。聯合歸鄉服務的導覽非常簡潔，上面只寫在相川橋的公車站下車，走到一座叫慈恩院的寺廟附近就好。

說明簡潔不代表服務不親切。之前客服傳來電子郵件，表明他們會打點好一切。意思是服務很周到，會員只要放輕鬆享受就好。最棒的款待不需要多做說明。

佐佐木幸子指著筆直的道路：

「聽好囉，夏生。那裡有一座寺廟。」

「啊，我知道，慈恩院對吧？」

「對對，原來妳還記得嘛。走到那裡拐個彎就到了，看要不要先打電話給伯母？」

一聽到幸子講起母親，古賀夏生倒吸了一口氣。

客服專員不管是講電話或寄送電子郵件，講到父母一定都是用「Parents」一詞。講到故鄉也不會用「鄉土」，而是用「Village」代稱。

英文會淡化本來的語意，所以使用「Parents」一詞，就好比留學生稱呼海外的監護人或寄宿家庭的夫婦一樣。意思是代替父母照顧自己的人，或是跟家人一樣值得信賴的人。

古賀夏生有點害怕了，一個陌生的母親在等待她回家。信用卡公司找了一個善良的村姑扮成她的同學，所以大概也是找個人扮成「母親」，在家裡等她到來吧。

店內傳來幸子的大嗓門：

「啊，伯母妳好，我這邊是佐佐木酒鋪啦。小夏已經到了，妳待會在上面揮揮手，替她指一下路。我順便叫她帶幾罐啤酒過去——哎呀，不用錢沒關係啦，收了錢不就是強迫推銷嗎？就當我的一點心意啦。」

幸子掛斷電話，從冰箱拿出啤酒裝進塑膠袋裡。

「小夏，這是我的一點心意，拿去吧。」

「拿這麼多啤酒不好意思，我還是付錢。」

「就說是一點心意了，千代伯母她酒量不錯。」

古賀夏生的心弦又被觸動了，去世的母親剛好叫「千代子」。

她收下啤酒，凝視著笑咪咪的幸子。那爽朗快活的表情看不到一絲虛情假意，聽起來也不像在背臺詞。

歸鄉服務的申請書上有很多繁瑣的題目。例如兒時的回憶、受過的傷和生過的病，還有個人的喜好、興趣、習慣等等。但沒有值得外流的個資。

當初加入會員也不需要繳交戶籍謄本的影本。後來升上金卡、白金卡，乃至成爲高級會員享受全球頂級服務，也同樣不需要這道手續。

老實說，古賀夏生對那些不切實際的服務沒啥興趣。她只是想了解，一個單身的小醫師到底有多少信用評等。她的好奇心也不是眞的很強烈，申辦手續太麻煩的話，她壓根也不會想辦理。

古賀夏生重拾冷靜，想必「千代」這名字在那個年代很常見。畢竟這是吉祥的好名字，意味著永恆，也有可能是取自國歌的歌詞。

臨行前，佐佐木幸子感觸良多地說道：

「小夏啊，妳好漂亮喔。」

「謝謝妳，小幸。」

這不是古賀夏生對於啤酒和讚美的客套話。這些鄉民秉持著眞心誠意，替她一個孤家寡人準備這麼棒的歸宿，她徹底感受到了這分心意。

幸子聽了這句話，身子也放鬆了：

「多待一會，別急著走。千代伯母很寂寞呢。」

這句話想必是事實吧。

「唷，是小夏啊。好久不見了，回來了就好好孝敬妳母親啊。」

一位農夫開著小貨車經過，滿是皺紋的臉龐笑得很開懷。

「我剛才做了一些蕎麥麵送去給伯母了，妳待會回家的時候好好享用。」

農夫的兒媳婦在貨車上揮手打招呼。

「不好意思，正在掃灑不方便下去迎接妳。明天歡迎來掃墓啊，可終於盼到妳回來啦，小夏。」

老和尚在慈恩院的山門下合掌行禮。

櫻花、梅花、辛夷、山茱萸，交織出粉色、白色、黃色的色彩漸層。連翹花、珍珠花、芝櫻，這恬靜的春色與村民融為一體。

古賀夏生告訴自己，這一切沒什麼好怕的。她把母親的遺髮放在手提包裡，性格軟弱的她未來必須一個人活下去，母親的遺髮是唯一的精神依靠。現在，她決定帶著母親的靈魂一起回歸故鄉。

在這春暖花開的日子，接受太陽、花朵、涼風的祝福，與母親一同走過和煦的午後。

有了這樣的想法，心中似乎也不再有陰霾了。本來母親去世前的回憶，始終在她腦海裡揮之不去，如今那段回憶也不再難受。

古賀夏生很後悔，自己沒有以女兒的身分替母親送行。可是，走在這段路上，她有了新的感悟。或許這就是母親期望的結局吧。

夏生啊，妳還是當醫生好了——在她得到母親允許的那天，母女倆就已經達成共識。未來分別的時候，不要悲痛欲絕地說再見。

醫生看盡生死百態，道別也是他們的義務。醫生對無數失去母親的兒女，平靜地道出至親不在的事實。那麼替自己的母親送行，哭天搶地未免說不過去。

那一晚值班的醫生很年輕，感覺才實習完沒多久。

古賀夏生還記得對方的名牌印有森山二字，瞧那位醫生佯裝冷靜的模樣，想必還沒有太多臨終送行的經驗。

那位醫生緊張還有一個理由。

躺在加護病房不醒人事的病人，有個當醫生的女兒。過去還在大學醫院做到心血管內科的準教授，目前在專科醫院診治病患。公平收治每位患者是行醫的大原則，但母親緊急入住的市民醫院有古賀夏生的舊識。主治醫生和值班的醫生，也都知道古賀夏生的資歷。

事情發生在母親離開安養中心，回家休息的那天夜晚。安養中心批准外宿，有點感冒症狀的母親吃完飯，一躺下來就失去意識了。呼吸並不平順，心律也過緩。古賀夏生請救護車開往最近的市民醫院，事後回想起來這個判斷也沒有錯。

一看電腦斷層掃描，古賀夏生就知道母親有重度肺炎，很多失智症患者無法說出自己的症狀。母親在插管之前，還喊了她的名字，那聲音她永遠也忘不掉。重病的母親只剩下她這個女兒能依靠。當然，母親需要的是女兒的親情，而不是醫生的專業。

母親在加護病房躺了半個月，終於到了最後一晚。

「半夜一點，令堂的生命徵象衰退，考量到她年事已高，所以通知您來。」

森山醫生以拘謹的語氣告知狀況，一身白袍藏不住他的緊張氣息。

「其他的親戚……」

這是一定會問的問題。換句話說，現在必須得到全家族的同意，拆下人工呼吸器。

「沒了，就剩我一個。你先深呼吸吧，森山醫生。」

「不好意思。」森山醫生深呼吸一口氣，放鬆身上的力氣。

「麻煩開一下窗簾好嗎？」

森山醫生打開護理師拉上的窗簾，窗外有一整片盛開的櫻花。不是加護病房的夜燈照亮窗外的美景，而是櫻花的生命力照亮了封閉的病房。

古賀夏生看著那些連接在母親身上的儀器，血壓已經低到處於休克狀態，心電圖的波形也攤平了。

「我們不打算做延命治療，麻煩關掉人工呼吸器好嗎？」

古賀夏生的語氣很果決。本來這是森山醫生該提出的建議，但森山態度猶豫，她只好主動提起。實際說出口，嘴唇也失去了溫度。因爲她總算明白，要不要延命已由不得母親，而是她的意思。換句話說，她親口拜託別人結束母親的生命。

古賀夏生握住母親的手，森山醫生默默關掉人工呼吸器。生命逐漸遠去，猶如小舟駛離棧橋一般。

「多謝關照。」

古賀夏生對年輕的醫生致謝。這句話她聽過無數的家屬說過，卻還是頭一次自己說。

森山醫生默默地低頭致意。要一個閱歷還不夠的年輕醫生，說出「請節哀」這類的客套話實在太難了。

「確認死亡時間吧。」

古賀夏生指示手足無措的森山醫生，確認死亡時間是不能輕忽怠慢的程序。

森山醫生觀察母親的瞳孔，將聽診器放在胸口確認心跳。

「令堂去世的時間是上午三點十二分。」

古賀夏生第一次替病患送行時，認爲醫生的手錶也只有這點功用了。看到病患死亡，會讓人覺得一切努力都是徒勞無功。

古賀夏生想替母親拔掉插管，但那並不是她該做的事情。她離開加護病房，在長長的走廊下來回踱步。不久的將來，當她躺在某家醫院的病床上等死，沒有親人可以代替她提出放棄治療的承諾。是有幾個朋友會替她難過，但她不願意讓他們承擔家人該負的重擔。

回到加護病房，房內沒有其他醫護人員。只有母親的遺體，還有已經派不上用場的各式儀器，坐落在夜色下的花海中。

古賀夏生這才領悟，原來人類也是大自然的一部分。

回到自己的家鄉，又有誰會迷路？

古賀夏生拐過寺廟的牆角，爬上有蒲公英夾道相迎的坡道，彷彿走在熟悉的歸鄉路上。一路上她感覺村民都在注視自己，所以特別注意姿勢體態。

遠處似乎有人在呼喚自己，古賀夏生定睛一看，原來坡道上方有一棟古厝，有人在簷廊下揮舞雙臂。

「妳來啦，妳可終於回來啦。」

古賀夏生也停下腳步揮手，她知道那位就是佐佐木幸子代爲聯絡的「母親」。或許徹底扮演好一個久未回家的女兒，會比用旅客的身分致謝來得妥當吧。

話說回來，眞不愧是全球最頂級的服務，信用卡公司準備的舞臺也太盛大了。光看佐佐木幸子和村民逼眞的演技，想必扮演「母親」的人也很入戲。然而，這樣的劇情對現在的她來說太難受了。

事到如今，古賀夏生才開始後悔。問題是，都已經到這裡了又無法取消。信用卡公司不可能知道會員的近況。換句話說，服務越是細膩周到，古賀夏生受到的傷害就越大。是不是應該趁現在聯絡客服？縱使無法取消服務，好歹也請他們在演出時不要太賣力。

「夏生啊，總算盼到妳啦，回來了就好好歇息吧。」

迴盪在山林中的聲音，如同箭矢般貫穿古賀夏生的心房。

包著頭巾的老婦人，年紀跟母親差不多。只是身材十分矮小，臉也曬得黝黑。古賀夏生原先以爲，這裡是標榜鄉土情懷的超高級度假村。那種地方總免不了一些演出效果和多餘的服務，所以，佐佐木幸子、農夫、農夫的兒媳婦、老和尚等人，她也只當是臨時演員罷了。

照理說，等待她的應該是鄉村風格的豪華設施，來接待的也是妙齡女侍才對。

不料實際抵達目的地，建築物竟然是真的有數百年歷史的古厝。在簷廊迎接來客的，則是包著頭巾又缺了門牙的老太婆，怎麼看都是古厝的住民。

古賀夏生走近扮演她母親的老婆婆：

「不好意思，我也沒帶伴手禮就來了。這是下面的酒鋪給我的。」

古賀夏生不知怎麼打招呼比較好。扮演母親的人收下啤酒，喜孜孜地說道：

「幸子她太客氣了。可惜啊，傳了四代的佐佐木酒鋪，到她這一代就要收攤了，想來也怪寂寞的。好啦，我把啤酒拿去井裡冰。」

難不成這古厝還有水井？扮演母親的人消失在空蕩蕩的走廊下，雖然背挺不直了，下盤倒是很硬朗。

「不用這麼拘束，這裡就是妳家，快進來吧。」

甜美的嗓音自遠處飄來，像音樂一樣悅耳。

古賀夏生把手機收進包包。她已經站上舞臺，錯失聯絡客服的時機了。

她在簷廊坐下，俯視著慈恩院的巨大屋頂。正殿後方有一片靜謐的墓地，看來偏鄉再怎麼荒廢，寺廟也絕計不能關門。

沿著道路搭建的民房，從後方看上去真的感覺不到一絲人煙。

奇怪的是，這些廢棄的房舍沒有破壞四周美景。爭奇鬥艷的花朵和生機盎然的綠芽，將一切調和得恰到好處。

眼前的景象實在太絢麗，古賀夏生忍不住閉上眼睛，感受著溫暖的春季日光。她以往的生活一向跟太陽無緣。

「醫生——」

古賀夏生聽到有人在叫喚自己。回過頭一看，扮演母親的老婆婆，就坐在簷廊下的陽光裡。

「古和醫生——」

老婆婆大概是在叫「古賀醫生」吧。古賀夏生點頭應承，彼此都不知道該說什麼才好，就這樣對視良久。

「其實啊，公司有叮囑我們，不可以做這種事。可是，裝作一無所知的樣子，我實在過意不去，所以想先向妳道個歉。」

古賀夏生看不出對方的表情悲喜，但她感覺得到那股誠實懇切的心意。換句話說，扮演她母親的人，準備打破禁忌。

「老太太，我沒關係，您不用勉強。」

「是啦，只是這樣我心裡不痛快。」

古賀夏生環顧四周，她擔心信用卡公司在這裡安裝收音或監視器材。

「醫生妳不用擔心啦，公司很信任我的。」

扮演母親的老婆婆解下頭巾，放在膝頭前面。老婆婆的身上沾到些許塵土，但渾身散發出一種清潔感，並未辱沒了東道主的身分。

「醫生，還請節哀順變。」

扮演母親的老婆婆，突然說出這句話，還雙手拄地低頭致意。

「咦？您知道我的事嗎？」

「公司有告訴我。所以啊，知道妳剛經歷喪親之痛，公司叫我要好好款待妳，老實說我眞不知道該怎麼做才好。」

「跟平常一樣就好。我也不會客訴或抱怨什麼，請您安心。」

扮演母親的老婆婆抬起頭，直盯著古賀夏生的表情，似乎感觸良多：

「哎呀，古賀醫生妳眞是位了不起的醫生啊。外面那些當醫生的，脾氣都夠大的呢。」

古賀夏生想起生母的口頭禪，眞正的好醫生都很謙虛。這句話的意思是，眞正的醫生是非常忙碌的，根本沒那個閒工夫擺架子。

老婆婆的感想打動了古賀夏生，好像聽到生母在稱讚自己一樣。

「古賀醫生，既然妳說照平常來就好，那有什麼失禮之處還請多包涵啊。」

看到那張宛若菩薩的笑容，古賀夏生真把老婆婆當成母親了。

「妳六十歲就要退休啦？退休年限又還沒到，這不是怪可惜的嗎？」

古賀夏生其實也沒鐵了心要退休，她只是失去了繼續打拚的意願和活力。不過，過去的輝煌經歷，反倒成爲悠閒度日的絆腳石。專科醫院的勤務太過繁重，偏偏她又不想回到以前待的大學醫院。

利用人脈占客座教授的缺，算是最好的安排。可是，她又沒有出人頭地的欲望，也懶得這麼做。

跟母親坐在地爐邊喝著啤酒，滋潤了她乾涸的心靈。

「現在醫學進步的速度很快，我的腦袋也跟不上時代演進了。我不想成爲那種不了解醫療現況，只能靠著論文累積權威的醫生。」

古賀夏生兀自抱怨，母親倒也聽得懂她在說什麼，想來是個聰明人。

母親借她的老舊運動服，有考量到她的身材大小。在地爐邊放輕鬆坐著喝酒，還眞有回到家鄉的感覺。

「六十歲啊，那就快了嘛，夏生。」

「哈哈，等到夏天我就六十歲了。在夏天出生，所以取名夏生，我這名字經常被誤認爲是男人的名字。」

「所以妳夏天就要辭去醫生工作囉？」

「現在醫院人手不足，今年夏天宣告退休，大概還要再等一年吧。到時候眞退了，我就得找個兼差的工作了。」

「兼差啊，難不成妳要去醫院掃地？」

「啊，不是啦，就是兼職的醫生，一個禮拜只看診一、兩天這樣。」

母親不再皺著眉頭，似乎鬆了一口氣。

地爐邊有各種美味的山菜料理。每吃一口，都讓古賀夏生讚嘆不已，母親簡直就是料理天才。

有楤木芽和漉油菜炸成的天婦羅，醬煮紫萁還配上豆皮和竹輪。

「這是什麼菜啊？」

豐富多變的春季饗宴中，夾雜著一絲苦味，古賀夏生想知道那苦味是什麼。

「蜂斗菜的嫩芽搭配味噌去烤的，苦味有排除冬季溼毒的功效。」

水芹菜配豆腐渣和白芝麻，還有涼拌鴨兒芹，古賀夏生覺得自己吃的不是料理，而是春天溫暖的生命力。

帶皮的竹筍則是直接放在地爐上烤。

「這一帶也沒大根的竹筍，都是這種的。」

古賀夏生一口咬下，芳香直上鼻腔。

「我說夏生啊。」

「怎麼啦？」

母親把筍子放在炭火上烤，斟酌著該怎麼開口比較好：

「六十歲退休，太早了吧？」

古賀夏生總覺得，有人借母親的口說出這番話。

「現在上班族六十歲就退休了，我也想過點悠閒的日子啊。」

「這樣太任性了。」

古賀夏生聽到這句話，眼淚差點掉下來。現在已經沒有人會當面訓誡她了。

「這樣算任性嗎？」

她泫然欲泣地看著煙霧的另一端。訓誡她的並不是生母的靈魂，而是年輕時的父親。父親盤坐在地，一手撐在膝頭上，一手拿酒小酌。

「當然算啊。妳是夏天出生的，要在夏天畫下人生句點是無妨，但沒理由在自己的生日放棄醫生的工作吧。」

父親打完仗還立志懸壺濟世，古賀夏生本來很崇拜父親。曾幾何時，她完全忘了要繼承父親的遺志。

「多謝您點醒我。」

古賀夏生正襟危坐，低頭道謝。

當晚，她和母親一起入睡。

天上看不到月亮，只有一點星光灑落在拉門上。

萬籟俱寂中，唯有生命的律動獨響。心跳和血液流動的聲音，撼動著耳朵深處。

「明天也好好休息，別急著走啊。」

母親說這句話是真心的，並不是出於款待來客的義務。一個人住在偌大的古厝裡，想必很寂寞吧。

「我也想多待一會，但還得去京都參加研討會呢。」

「真忙碌啊。當醫生嘛，忙也沒辦法。那妳是搭新幹線，還是搭飛機啊？」

搭新幹線要耗上半天時間，另一個方法是搭飛機從花卷飛到伊丹。搭乘早上九點二十分的班機，就趕得上下午的研討會了。

「這樣啊，那我開車送妳去機場吧？」

「咦？妳還有開車？很危險耶。」

「不會啦，我還硬朗著呢。轉搭公車和電車也挺麻煩的吧？」

「我叫計程車就好。」

「坐計程車很花錢啊。先不說這個，倒是——」

母親顧左右而言他，大概是不想太早跟女兒分開。古賀夏生聽出母親的心意。

這位老婆婆的母愛是眞的。歸鄉服務這個浩大的虛擬體驗，不只是靠演出效果、演技、舞臺場景堆疊出來的，更重要的是老婆婆的眞心。

換句話說——這已經不是「虛擬」了。

「媽。」

古賀夏生對著星光照不亮的暗處，叫了一聲媽。

「怎麼啦？」

「講故事來聽吧，一個就好。」

「妳睡不著啊？好吧，就一個喔。」

很快地，母親通透清亮的嗓音，自黑夜的領域散落人間。

很久很久以前，有這麼一個故事。

有一年發生嚴重的飢荒，各地隨處可見餓死的屍骨。冬天被埋在雪堆中的屍骨，就算有一部分露在外面，也只能放著任其腐爛。苟延殘喘的農民連耕地都沒力氣了，更遑論供養那些亡者。

奇怪的是，到了春天依舊百花齊放，彷彿一切苦難都沒發生過一樣。梅花、櫻花、辛夷全都開了，那一年的花開得特別漂亮。想來是那些屍骨回歸天地，成了百花的養分吧。

有一天，相川的旅店來了位落魄的武士。武士沒帶隨從，只有美麗的妻子和小女兒一路相伴。人們一眼就看出，他是棄職出逃的武士。

由於飢荒實在太嚴重，農民紛紛丟下田地另謀生路。有的武士拿不到俸祿，乾脆逃離自家藩鎮。大夥也顧不得體面，都在拚命找食物果腹。

相川的農民餓死的餓死，出逃的出逃，人口只剩下原來的一半。然而，跟附近的村落相比還不算太慘，因此村民拿了一點食物，給那位在橋下忍受飢寒的武士。

「大人，這是一點山藥粥，您用吧。」

武士並不領情：

「我可不是乞丐，你們這些無禮之徒。」

武士話講得很難聽，村民也不好勉強，但他們還是一直拿食物到橋下。

「大人，不然好歹給尊夫人或令千金吃吧。女人家餓肚子怪可憐的。」

「退下，無禮之徒。她們是我的妻女，用不著你們操心。」

村民心想，武士是鐵了心要尋死。於是，只好去找慈恩院的和尚想想辦法。

「大人，就這樣死在一座破橋下，可是武士的恥辱啊。您不要我們搭救也無妨，那去寺廟也好啊，去寺廟讓佛祖搭救您吧。」

「這世道早就沒有神佛，你們也別理我了。」

武士一再主張，他絕不當乞丐受人施捨。

又過幾天，村民跑到相川橋下關心武士一家。武士就像睡著一樣，寧靜地走了。

武士的夫人忍著淚水對村民說，丈夫把所有能果腹的東西，包括少許的乾飯、花草的新芽、紫萁、筍子，全都拿給妻女吃，自己只是一直喝河水止飢。

村人很敬佩武士的風骨，夫人割下丈夫的髮髻，帶著女兒不知往何處去了。臨走前，夫人將武士的佩刀交給和尚，請和尚代爲弔唁。

那對母女後來有沒有活下來，沒人知道。不過，慈恩院的和尚說，武士犧牲自己保全家人的性命，佛祖不會對他家人見死不救的。

現在相川橋邊還有一座小小的祠堂，又叫新兵衛祠。據說只要誠心參拜，外出遠遊的子女就不會受飢寒所苦。

這裡的村民早晚都會去參拜。

佐佐木家的幸子、後面那戶人家的老爹，還有慈恩院的和尚也會去拜。最近我也常去那裡參拜，祈求那些跟我有緣的子女平安喜樂。我也會替妳祈求的，夏生。

不用勉強自己，好好吃飯，好好過活就夠了。

妳做得很好了。即使沒有人認同妳，媽媽也會全力支持妳。妳這樣就很好了，夏生。

故事說完啦。哎呀，小傻瓜，哪有人聽床前故事聽到哭的呢？

6 花舟

祇園市區有一條名爲白川的河流，古賀夏生以前教過的學生，帶她前往白川河畔的一家店歇息。

岸邊的櫻花早已凋落，樹上開滿了綠葉，奇怪的是河川水面上還有滿滿的花瓣，猶如花朵織成的小舟。或許上游地帶有一整片八重櫻吧，古賀夏生打算明天一早起來，去上游探索未知的花海幻境。

「多謝妳帶我出來啊。大家以爲我還待在大學醫院，聊起來根本牛頭不對馬嘴，跟他們解釋又很麻煩。」

古賀夏生願意參加一年一度的研討會，只是想了解最新的研究成果，並不想跟其他醫師套交情。

「大家都以爲大學醫院的醫生肯定是超級菁英嘛。古賀老師妳看起來很有派頭，我也以爲妳當上教授了呢。」

「派頭？我都快六十歲了，這年紀有點派頭也應該吧。」

「咦？妳快六十了——」

「妳是我的學生，我騙妳做什麼？小山內醫生，我跟妳說，大學醫院有兩個年紀比我輕的準教授，我待在那也挺尷尬的。」

小山內秀子以前非常優秀。像她這麼優秀的人，本該留在學術單位取得更高的學位，再前往美國深造，過上菁英該過的人生。古賀夏生還記得，自己以前也很賣力指導這位學生，甚至還把夢想託付給她。

不過，小山內秀子甘於繼承父親的小診所。而且招了個正直的夫婿，膝下育有二子。

成績好的學生本來就很聰明，與其跟一大群男人競逐榮耀，不如繼承父祖的衣缽，當小鎮醫生還比較快樂。至少，這可以感受到幸福的人生。

花瓣持續流過白川的涓涓細流，一葉花舟流過，馬上又來一葉花舟。

她們是離開研討會派對後，才臨時上網找到這家店的，沒想到臨時找的店家還眞不錯。正好吃晚飯的客人都走得差不多，窗邊的位子也空了下來，幾乎伸手就能碰到河水。

挑義大利餐廳也是個聰明的選擇，在這種古色古香的地方吃懷石料理太刻意了，況且京都人的味覺很挑剔，不管煮什麼都不會差太多。

「妳家人都還好吧？」

古賀夏生喝著餐前酒，關心學生近況。小山內秀子的父親是她的大學學長，兩人也算舊識。

「還好，父親負責看診，母親就幫忙帶小孩。」

古賀夏生點點頭，她不認為優秀的醫生會甘於平淡，畢竟醫生都有懸壺濟世的使命，這一點不會變。

古賀夏生吃著開胃菜，心想京都人的味覺果然不同凡響。食物是真的好吃，跟店內華美的裝潢無關，也跟窗外夢幻的夜景無關。

「其實呢，我母親去世了。」

古賀夏生保持笑容，平淡地道出這件事。

小山內秀子立刻放下刀叉，表現出嚴肅的態度。她不認識古賀夏生的母親，但知道她們母女倆相依為命。

「不好意思，我不曉得這件事。」

「沒關係。八十六歲才走，也算壽終正寢了。我跟妳說，真到了生離死別的關頭，我們醫生也沒什麼可做的。我也只能說服自己，母親圓滿地走完了這一生。」

京都是座很神奇的城市，白川對岸有為數眾多的行人，卻絲毫聽不到喧鬧聲。客人在餐廳裡聊天的聲音也不吵，跟竊竊私語沒兩樣。奇怪的是白川的水流聲卻很清晰，感覺這座城市無時無刻籠罩著一股靜謐的氣息，彷彿在提醒世人，跟千年的時光相比，當下的一刻未免太微不足道。

義大利餐廳本來跟歷史或傳統毫無干係，但這家餐廳和店內播放的輕爵士，都散發出高雅的格調，和這座古都又十分相襯。京都是個高貴又寬容的城市，這種說法或許能解釋京都的神祕特質吧。

「抱歉，現在不適合聊這個對吧。」

小山內秀子一句話都說不出來。醫生平日接觸太多的生離死別，私下反而不太習慣談論生死，更遑論聆聽親朋好友的生死。換句話說，醫生不太擅長與死者道別，也說不出什麼安慰家屬的話。

古賀夏生思考著，該如何化解現場陰鬱的氣氛。現在也只有一個話題，可以很自然地扭轉氛圍了。

「老實說，我這陣子心情也不大好，所以就趁研討會召開之前放個假，享受了一段奇妙的體驗。」

古賀夏生好想分享那段經歷，於是她開始談起「歸鄉服務」。

今天早上的事情，現在回想起來恍如隔世。

扮演母親的人，名喚「古賀千代」。老人家天還沒亮就起床備好早飯，還開著小貨車送她到當地的機場。

這分體貼的心意，怎麼看都不像常規服務的一部分。女兒回家只待一晚就要走，感覺得出來母親眞的不想太早道別。

「那些土產妳帶著也不方便，我幫妳寄去東京吧。」

母親把白米和味噌放進紙箱裡，語氣依依不捨。

古賀夏生本來打算再住一晚，不去參加研討會。打電話聯絡客服，信用卡公司應該也會通融。問題是，兩天一夜就要價五十萬元，再多留一天不知道要花多少錢。因此，最後還是作罷。

「媽，我可以再來看妳嗎？」

母親停下手邊的活：

「當然啊，這裡是妳的故鄉。」

母女倆的對話很有默契。她們在虛擬的舞臺上謹愼互動，生怕打破設定好的情境。

「是說，夏生啊。妳可別心血來潮就跑來，我得先做好準備才行。況且，我這邊可能會有客人。」

「常有客人造訪嗎？」

「也不是三天兩頭就有人來，但不小心撞期還是挺麻煩的對吧。」

這話說得也沒錯，回歸故里碰上素昧平生的兄弟姊妹，也確實是麻煩事。信用卡公司的人又不可能跑來處理，母親遇到不同的客人得用不同的姓氏自稱，玄關的門牌也得換掉，一個老人家沒法同時招待數名來客。

「以前沒發生過類似的事情嗎？比方說，有人很懷念這裡，也沒先知會一聲就跑來。」

「哎呀，那我可吃不消。總之妳要來的時候，記得先聯絡啊。」

當然，事前要聯絡的不是母親，而是信用卡公司的客服。可是聽剛才的說法，只要沒有其他預約的客人，臨時歸鄉也是會受理的。

母親不會做出掃興的言行舉止，想必很受信用卡公司的信賴吧。

「媽，妳開車不要緊嗎？不然我來開好了，但這樣我擔心妳回程的安全。」

「安啦安啦，比走路安全多了。好了，差不多該出發囉。」

母親仰望黑漆漆的梁柱，看著老舊的掛鐘時間。

老人家的每個動作，都跟這間古厝完美地融爲一體。大概從出生或嫁來這裡，就一直住著沒離開過吧。古賀夏生不免有個疑問，擁有全球最多會員的信用卡公司，還有那個嚴格挑選會員的高級俱樂部，是怎麼跟這位鄉下老婦人扯上關係的？他們如何找到一位年過八十還聰明伶俐的老婦人？又是如何教導她在整套服務中獨挑大梁？這些問題眞要追究，根本沒完沒了。

如果當面問母親，她會怎麼回答呢？應該沒有客人會如此失禮吧，有資格成爲高級會員的都是當代的達官顯貴，大家會配合裝糊塗的。

古賀夏生坐上小貨車時，回頭望了古厝一眼，心裡感觸良多。

倘若自己生在這裡，立志從醫，還考上了東京的大學。父母的財力有限，依然砸鍋賣鐵讓女兒去念國立和公立大學——

古賀夏生想像著這樣的故事，內心如釋重負。

「請等一下，古賀老師。妳這樣豈不是背棄了自己的親生母親嗎？」

小山內秀子開口打岔，她從學生時代就是這樣，有問題絕對要問個明白才甘心。

「妳會這樣想也無可厚非。那是今天早上才發生的事情，我也還沒理好自己的心思。只不過，我現在有個想法。」

古賀夏生喝了一口紅酒，讓情緒緩和下來。這段話要說清楚才行：

「說實話，我跟母親之間是有一些心結。當然，母女之間多少都有一樣的問題。但我們家沒有父親和其他兄弟姊妹，也沒有可以依靠的親戚。所以我們的狀況，不是母親獨自教養女兒成材的美談，也不是女兒繼承父親遺志的故事。母親跟不少男性交往過，也當過醫生的情婦。我不是說那樣不好，只是我自己很難接受。可話說回來，我也是半斤八兩。在母親眼中，我這個女兒大概也不值得讚賞吧。也因爲這樣，母親沒有完全依靠我，我也沒有好好照顧失智後的母親。」

「老師，妳想太多了啦。不管妳在大學醫院還是專科醫院，醫生本來就沒有足夠的時間照顧父母啊。」

「不，我排得出時間，但我沒那樣做。先不說這個——」

古賀夏生閉起眼睛，回想那間沐浴在朝陽中的古厝。

那座山腳下的古厝生我養我，每天搭乘一小時只有一班的公車去學校念書，回到家就在和室伏案苦讀。

「都會的生活一切都太快速、太壅塞了，我們看不透自己的本性，還有事物的本質。一切來得快去得也快，連思考的時間都沒有。所以，當我決定關掉母親的呼吸器時，思考了一個問題。對我來說，這個人到底是誰？我回到根本不存在的鄉土，就是想要找出這個問題的答案。在那裡住了一晚，我終於想明白了。不管我對母親有什麼看法，是抗拒也好、輕蔑也好，我這個女兒就是她的一切。」

小山內秀子沒碰桌上的餐點。她是兩個孩子的母親，一定能理解這段話的意思。

「小山內醫生，我想說的是，我不是在否定自己的人生，也沒有背棄自己的母親。我只是想知道，母親對我來說究竟是什麼樣的存在。那個老婆婆和那間古厝，用身教告訴了我答案。」

古賀夏生勸學生繼續用餐，小山內秀子才拿起刀叉，請恩師接著說下去。

「哎呀，小夏，妳要走啦。」

車子開下坡道，慈恩院的住持停下打掃工作，打了一聲招呼。

「她還要去京都參加研討會啦，要趕搭九點二十分的班機。不好意思啊，和尚。掃墓只好等下一次了。」

母親握著方向盤，向住持低頭致意。

「這樣啊，醫生眞忙碌啊。那好吧，有空再來啊。」

難不成，信用卡公司連墳墓都準備好了？

「媽，我想拜託妳一件事。」

「怎麼啦？說來聽聽。」

「妳昨晚說過，相川橋旁邊有一座小祠堂，還在嗎？」

「妳說新兵衛祠啊？」

「對對，就是新兵衛祠，我想去參拜一下。」

「自己老爸的墳不去掃，怎麼反倒去祭拜新兵衛大人呢？」

信用卡公司要是真的準備了一座墳，古賀夏生也不打算祭拜虛假的父親。然而，那名傳說中的武士，在她心中留下了深刻的印象。

母親一時不知該說什麼，住持看著駕駛座上的母親，也是一臉困惑。母親和其他村民大概都沒聽過這樣的要求吧。

「不好意思，那都很久以前的故事了吧。」

「是啦，但不是編出來的故事。」

路上蒙著一層淡淡的薄霧，小卡車在薄霧中緩緩行進。過去的驛站寂靜無聲，彷彿所有生命都不存在。佐佐木酒鋪也大門深鎖，設有擋雪板的公車站，也還沒發揮該有的作用。白色的薄霧中，武士和他的妻女似乎隨時會跨越時空現身。

陽。

母女倆在相川橋邊下車，霧氣自山區湧入谷底擴散，四周冰寒冷冽，未見朝陽。

潮溼的土堤上有一座小祠堂，純白的山櫻罩住了破敗的屋頂。

「看吧，夏生。就跟妳說是眞的。」

母親說這段話時表情很嚴肅。有人在新兵衛祠供奉野花，還有清水和米飯，看得出來才剛供奉不久。

誠心參拜新兵衛祠，外出遠遊的子女就不會挨餓受凍。一想到這個傳承所言非虛，古賀夏生喃喃地說了一句：

「對不起。」

古賀夏生表明歉意，對著小祠堂合掌膜拜，母親並未答話。

「眞是太可悲了。我活了六十年，卻找不到一件值得相信的事情。」

聊到一個段落，服務生送來小盤的義大利麵。

「古賀老師妳是完美主義者吧？我知道這樣擅自下註解，是有些失禮啦。」

其實古賀夏生也明白，人類的壽命有限，醫生不可能凡事做到完美。明白歸明白，她還是一直把盡人事和追求完美畫上等號，現在她只覺得自己太愚蠢了。而且，這樣的觀念不只用於職場，甚至還套用在自己的人生上。

「不過，我就是喜歡這樣的古賀老師，所以才會念心血管科。」

小山內秀子的自我主張鮮明，爲人卻謙恭有禮，話也不是特別多。承襲家業的女醫生差不多都是那樣子。

「妳這麼說是我的榮幸。我記得，妳父親是消化器官內科對吧？」

「對，我們只是小鎮上的醫生，這樣反而比較好。」

有消化器官和心血管醫生，就能處理絕大多數的內臟疾病了。如今大醫院人力飽和，現行醫療制度也鼓勵大眾找家庭醫生看診，因此這也算得上理想的經營模式。鎮上的小醫院盡可能多看一點病患，診斷出重大疾病的患者，再轉介給大醫院就好。

「完美主義嗎？不過，事到如今也改不過來了吧，在大醫院領死薪水的醫生，註定要背負這樣的宿命吧。」

古賀夏生終於想通小山內秀子剛才那句話是什麼意思。

小山內秀子眞正想說的是，恩師自願踏入虛擬的世界，卻又無法放手享受那分虛擬的經歷，未免太不合理了。

確實，古賀夏生有點嚮往那個武士的傳說，她嚮往的是偉大的父愛。可是在當下，她又想證明那是虛假的故事。假如新兵衛信仰當眞存在，她要老婆婆拿出證據，讓她見識一下。

沒想到，扮演母親的老婆婆帶她到橋邊，還眞的有一座小祠堂。村民早晚都會去參拜，替那些不回家的兒女祈求平安。

「我只是背負了太多東西，沒有心力去相信美好的事物。」

古賀夏生在玻璃窗上，看到學生一臉困擾的表情，顯然小山內秀子也不曉得該如何回答才好。夜晚的河川上又有花舟流過，恰似從她心中溢出的花種。

小小的機場設立在田園地帶，古賀夏生到了機場後和母親道別。

「媽，妳有接送過其他人嗎？」

二人坐在候機室的長椅上，古賀夏生問了母親這個問題。年紀大的人開車技術當然不會好到哪裡，但這一個小時的路程，母親似乎很熟悉路況。

「來自關西的客人，大多是坐飛機來的。搭公車還要轉車很麻煩，搭計程車又很貴。」

古賀夏生有股微微的妒意，她以爲自己早已失去那種感情了。

母親迎接其他客人的時候，是不是會在出口揮手相迎呢？照理說她拿不到客人的照片，應該只能拿著一塊板子，寫上客人的姓名吧。客人前來相認以後，她也會露出菩薩般的慈祥笑容，歡迎他們到來嗎？

「媽，妳千萬不要太勉強自己。」

古賀夏生握住母親的手，那是經過泥土和太陽淬鍊的高貴雙手。

「妳也一樣啊，不要太勉強自己囉。」

這句話是真心的吧。想必是亡母的靈魂，透過這個母親說出來的吧。

準備登機的廣播響起了，不少航班都集中在這段時間，有飛往名古屋、札幌、大阪的班機，就是沒有飛往東京的，跟新幹線搶客人划不來。

「妳說，研討會在京都啊？」

「嗯，抵達伊丹機場後再轉搭公車，很快就到了。」

母親仰望告示板，發出了輕嘆聲。

東京、京都、大阪這些地方，大概都不在老人家的地圖裡吧。

「我也想搭一次飛機，可是感覺怪可怕的。」

母親害臊地笑了。跟周遭景物相比，她的身材簡直跟外星人一樣矮小。頭上包的頭巾，身上穿的務農衣，還有腳上套的小學生運動鞋，看起來倒也相襯。

「好啦，我這老太婆也該走啦。」

古賀夏生思考著該怎麼道別比較好。直接說再見？還是承蒙關照？亦或單純表示感謝就好？好像哪一句都不妥當。

「那我改天再來。」

母親也握住古賀夏生的手，臉上卻沒有了笑容：

「夏生啊，錢要省著點用知道嗎？單身女子只有錢才是妳的依靠啊。」

母親的言外之意是，不要這樣浪費錢財。

母親當然也知道，這趟歸鄉之旅要價五十萬元。對一個在鄉村過儉樸生活的老人家來說，肯定是天價。所以，她才會不小心說出眞心話。

「媽，這話妳不能說啦。」

古賀夏生伸手想抱住母親，母親卻站起來避開她的擁抱。母親的臉上還是沒有笑容，或許是發現自己失言，也或許是被古賀夏生氣到。

鄉下老人家不像都市人一樣，沒辦法僞裝自己。換句話說，這一切等於是讓忠厚老實的人撒謊。

「媽。」

古賀夏生再一次呼喚母親，也再次伸出雙手討抱，但母親搖搖頭拒絕了。

「好了，別這樣。」

「抱一下就好嘛，媽。」

「我說了，別這樣。」

母親以嚴厲的口吻責備她。

古賀夏生接受完安全檢查後，轉頭望著玻璃門外，母親就站在送行的人群中。母女倆四目相對，母親臉上總算多了一點笑容，誠懇的眼神為這虛假的一切道歉。

「妳大概很難相信有這種事吧？我也不打算四處張揚，可是又沒法憋在心底。祕密這種東西註定藏不住吧。」

二人現在才開始享用冷掉的主菜。

「古賀老師，其實這件事也沒那麼難以置信。總之，就是信用卡公司找上凋零的偏鄉，進行業務合作對吧？兩天一夜要價五十萬元，當成去高級渡假村或入住旅館的高級套房，倒也不是非常誇張的價格。這構想本身不錯啊。」

思考果斷明快是醫生的天性，猶豫不決只會讓病患不安。

小山內秀子的分析應該是正確的。等過幾天情緒緩和下來，說不定古賀夏生自己也會得出同樣的結論，誠心讚賞那一套商業活動。

「真要說有什麼問題的話——」

小山內秀子豎起手指說道：

「信用卡公司也太了解老師的個資了吧？當然，全球頂級的信用卡公司，要收集客戶情報肯定是易如反掌。只是，把那些情報直接用在商業活動上，不太妥當吧？」

這話說得也有道理。然而，古賀夏生缺乏保護個人資訊的危機意識。因爲她生長在一個傳統又純樸的年代，缺乏危機意識也無可厚非。

有資格成爲高級會員的，應該都是同世代或更老的世代。而且會使用歸鄉服務的，想必都是宅心仁厚的長者。

這樣就不難理解，爲何信用卡公司甘願冒著被告的風險，也要講究服務的精確度。

「是喔，這種服務精神眞了不起。不過，美國不是動輒興訟的國家嗎？」

「我反倒覺得這很有美式作風。比方說，日本的遊樂園和迪士尼的風格就不一樣。」

小山內秀子沒看過東京迪士尼開幕的盛況吧。當年日本人自詡爲泱泱大國，東京迪士尼開幕讓日本人徹底見識到美國的實力。不只小孩子深受吸引，連大人也趨之若鶩。

「講究服務的精確度嗎？換句話說，他們把娛樂水準看得比訴訟風險更重要。」

「沒錯，但也不是單純講究娛樂水準。用那麼精巧的布局騙得大家心服口服，沒有人會抱怨的。」

服務生把餐後甜點送來了。自從習慣服用安眠藥入睡以後，古賀夏生晚上也不再忌食咖啡因食品了。

「這件事別告訴任何人喔。」

「咦？爲什麼？」

「會尋求鄉土的，都是寂寞的人啊。」

小山內秀子轉移視線，凝視著窗外的白川。聽到恩師這樣講，當學生的也不知道該怎麼回答吧。

那張被吊燈照亮的臉龐，正值人生最美麗的季節。

7 憂鬱星期一

松永徹從不覺得收假上班是件痛苦的事情。沒有家累的人週末特別悠閒，偶爾打高爾夫球當消遣，沒打高爾夫就跑去水療設施放鬆一下。總之一整天都很清閒，除了讀書、看電視，也沒其他事情好做。因此，松永徹總是能用一種從容悠揚的態度，去面對全新的一週。

年紀大了，早睡早起的現象也越見顯著。假日時間多到不曉得要拿來幹麼，自然能好整以暇面對星期一。

而且，他住的地方離公司才十五分鐘車程，公司還會派車來接送。每天早上他會精心烹調早餐享用，全都收拾乾淨以後，再仔細整理服裝儀容，以免別人嘲笑他是邋遢的單身男子。十五分鐘後，祕書會在公司門口迎接他到來。每天過得這麼愜意，不可能累到哪裡。

過去的上司都認爲松永徹是清廉正直的人。不過，他唯一的摯友秋山光夫說，像他這種人到美國連生活都有困難，根本不可能出人頭地。他本人也不否認這樣的評價。

松永徹厭倦各式各樣的人際關係，包括交朋友和談戀愛。所以，大部分的人都不會跟他有太多的交集。

換句話說，這種孤僻的生活方式，在上司眼中反倒成了「清廉正直」的象徵。這樣的看法肯定是誤會，偏偏松永徹工作又非常認眞，孤僻的性情也不會拉黨結派，這才是看起來清廉正直的原因吧。

後來公司爆發各種醜聞，經營層被迫換血，「清廉正直」的松永徹正好是絕佳人選。

公司創業一百二十多年，是食品加工大廠。母公司員工兩千多人，旗下子公司多達七十間，員工總人數超過一萬人，營業額也逼近一兆元大關。

「社長，請您發表高見。」

耳邊傳來祕書的低語，松永徹才回過神來。

身爲社長，他竟然在禮拜一的例行晨會上睡著了。

松永徹夢到故鄉的秋季美景，但時鐘的指針沒有移動太多。營業本部長關掉室內燈光播放數據圖表，他就在那短短的時間內神遊夢鄉，與會人士應該都沒發現。關於這次討論的議題，他上週末已經先看過資料，也整理出一套自己的見解，不會有任何問題。

半年前他造訪陌生的故鄉，這半年來每天都在回味那段經歷。沒有舊地重遊不是他排不出假的關係，而是隨著時間流逝，他的思鄉之情越盛，對這樣的自己越感到可悲。

「那麼，現在我們有請社長發表高見。」

專務請松永徹發言，會議室的緊張氣息也攀升了。

這次的議題是，該不該拉高主力商品的價格。原物料和勞工成本逐漸提高，過去還能用高價的健康食品來填補缺口，但這套方法也走到了極限。

最根本的問題在於人口減少，還有少子高齡化。換句話說，需要張嘴吃飯的人變少了，進食量也變少，已經沒有足夠的市場規模來支撐高成本。

「謝謝，那容我發表一下意見。」

爲什麼會這麼安靜？松永徹心想，這種寂靜的孤獨可不是他希冀的。他從來沒想過，除了人生觀和性格以外，原來權威也會帶來孤獨。

「這個問題搞錯先後順序了吧？」

突然沒頭沒腦地來這麼一句話，底下的人還是沒反應。松永徹刻意停頓一會，也沒有人主動發言。

想必大部分的高層都以爲，社長會要求他們檢討成本問題。也就是在考慮是否提升主力商品的價格之前，先努力降低成本。

問題是，壓縮成本的做法已經到了極限，才會拋出漲價的議題。既然如此，爲何沒人表示意見呢？

公司的每一項主力商品都是長年熱銷的產品。就算只調漲十元也會引來媒體關注，漲價將大幅增加收益，其他競爭對手也會跟進調漲價格。

「本部長的說明我十分清楚。我所謂的先後順序，不是檢討成本問題。我的意思是，價格設定不是我們該做的事情。」

這話並不好理解，但現場還是一點反應都沒有。二十位高層都在等社長的下一句話，就好像小朋友追著球跑一樣。或者更慘一點，就像死魚被架在火上烤一樣。

松永徹受夠這種孤獨了。

「關於商品價格這件事，應該對消費者有利，而不是對我們生產者有利，這是資本主義的大原則。可是，對消費者來說價格是越便宜越好，消費者未必會提出公正的意見，實務上也不可能適當反應出這些意見。那麼，該如何公正又合理地反應消費者的意見？我認爲這是零售業者的職責。零售業者向廠商進貨，再提供給消費者，應該可以想出對雙方都有利的提案，設定出公正又合理的價格。因此，我的具體提議如下——」

每位高層都在抄筆記，生怕漏掉社長說的每一字句。什麼狗屁資本主義啊？這簡直是上行下效的共產主義不是嗎？

「各營業區的業務負責人，請要求當地超市的採買業務制定價格。每一項主力商品該不該調漲價格？如果該調漲價格的話，漲多少才算合理？請你們先收集資料，跟超市的總公司進行交涉。我的方針大致如此，有問題請提出。」

現場還是沒人答話，底下的高層眞的都聽懂了嗎？

會議紀錄只會記載到這邊。也就是說，會議紀錄只會寫一些動聽的屁話。大型超市同意漲價的話，公司願意調整批發價格作爲回報。店頭價格的設定權在零售業者手上，但批發價格便宜對大型超市有利。況且，如此一來漲價就有了冠冕堂皇的理由。漲價是要反應生產成本和滿足零售業者的期望。

喂，你們眞的都聽懂了嗎？

「還有一點請留意，萬一我們的主力商品和競爭對手的商品漲幅相當，輿論會懷疑我們聯合操縱市場價格。因此，這件事要抓緊辦，千萬不能張揚，明白嗎？」

「明白。」這時候，底下人終於異口同聲吐出兩個字。

最好是你們眞的明白啦。

松永徹回到社長室，茫然眺望著皇居的森林，祕書替他泡了一杯咖啡。

「社長，您的意見很精闢。」

松永徹聽到祕書的聲音，回頭看了一眼。這位叫品川操的女祕書非常能幹，是前任社長留給他的優秀人才。做事滴水不漏，幾乎沒有任何缺失。年紀大約四十歲，正好也是熱衷於工作的年紀。這麼優秀的人才放在祕書室挺可惜的，但松永徹也捨不得放手。

女祕書很明白自己的職業操守，像今天這樣多嘴實屬罕見。

「他們都有聽懂我的意思嗎？」

「有，大家都聽懂了。」

「我會不會講得不夠充分？」

「不會，您的解釋恰到好處。」

據說，女祕書在美國的相關企業待了很長一段時間，員工大部分都是當地人，所以她現在日語還是不太流暢，英文倒是非常溜。

「社長，您最近是不是有點累？」

松永徹走向辦公桌，迴避祕書的視線。剛才開會的時候，品川操一直待在社長身後，應該有發現社長打盹。

祕書時時刻刻都在觀察老闆的健康和精神狀態。尤其她的老闆缺乏家人關懷。

「也不是累，有時候會犯睏罷了。大家不是都說，老人家容易打盹嗎？」

「那我先告退了。」

品川操再次觀察社長的表情，離開了社長室。

社長室和祕書課只隔了一扇門，品川操的辦公桌就在門外。換句話說，這位祕書是隨傳隨到。

松永徹開會她一定陪同出席，出差也是隨侍在側，參加宴會也都待在隨傳隨到的位置。只要跟社長業務有關的事情，她都知之甚詳，甚至不用看筆記就回答得出來。

如此認眞敬業的人，會關心老闆健康也是理所當然的。撇開這點不說，她一定也是眼觀四面、耳聽八方，來多了解松永徹的訊息。

松永徹懷疑過，品川操是不是知道他使用歸鄉服務。

他不太會用電腦，所有電子郵件都是透過品川操的信箱收發。他叮囑過信用卡公司的客服盡量用電話聯絡。手機打不通的話，客服有可能會聯絡公司。從這個角度來思考，也許使用歸鄉服務一事，早就被品川操知道了吧。

這不是經營者該做的事。純粹是無依無靠的老人，追求著不存在的故土，向一個根本不存在的母親尋求慰藉。

松永徹轉過椅子，俯視底下嫩芽初開的草木。從那一天起，都會的綠地對他來說再也算不上自然景觀了。怎麼看都像是用塑膠做成的假花假樹，而被迫居住在都會的人群，感覺都是無能又愚蠢的存在，看了令人火大。

松永徹心血來潮拿起行動電話。

「您好，這裡是聯合信用卡高級會員客服，敝姓吉野。不好意思，麻煩您輸入手邊的信用卡卡號。請開始輸入。」

接下來的程序很麻煩，松永徹戴上老花眼鏡，按下十五位數的信用卡號碼。用電腦輸入就不會這麼麻煩了。

「啊，吉野小姐，好久沒聯絡了。」

「松永徹先生，您好。非常抱歉，麻煩您報上出生年月日，我們必須核對是不是您本人來電。」

客服絕對不會疏忽這道程序。

「多謝您的配合，請問您有什麼需求呢？」

「我想預約服務。」

「請問您要預約什麼服務呢？」

松永徹先確定沒有人偷聽，接著壓低音量，表明自己要預約歸鄉服務。高級會員提出的要求，絕不會被轉接到其他窗口。松永徹的電話一定都是吉野這位客服單獨應對。

「明白了，原則上您的鄉土和接待家長是無法變更的。所以這次使用的場景，跟您去年十一月七日、八日使用的場景一樣，沒關係嗎？」

「當然沒關係。我對其他場景多少也有點興趣，但不可能有更好的了吧。」

松永徹用談公事的口吻。正確來說，一個人不會有兩個故鄉和母親，這是基本的倫理原則。可是，扯上這種情緒會讓他覺得自己很可悲，所以只好以這種方式來對話。

「松永徹先生，不好意思，我們得先確認鄉土那邊的狀況，可否請您提示一下，您想預約的時間呢？」

這種顧慮也有道理，那位老婆婆高齡八十六歲了。不對，都過半年了，現在是八十七歲才對吧？其他臨時演員也有自己的生活。

松永徹翻閱桌上的行程表，六月第三週和第四週的週末不用打高爾夫，他把這兩個時間告訴客服。

「明白了，松永徹先生。那麼，我大約三十分鐘後回電給您。」

「啊，麻煩妳打這支手機。如果我沒接，之後會找時間回電給妳。」

「好的，那就麻煩您稍待片刻了。我是高級會員客服，敝姓吉野，很高興爲您服務。」

掛斷電話後，松永徹開始思考一件事。信用卡公司要確認的，不單是村民和那位老婆婆方便與否，還要看有沒有其他人預約同一時段。

這個時代有太多身心俱疲的人，想去那裡找不存在的故鄉，向不存在的母親尋求慰藉。

松永徹有些訝異，他竟然沒想到這麼理所當然的事情，還以爲自己是唯一的客人。

天邊飄來雲彩，罩住了高層大樓的窗景。故鄉那裡應該也進入雨季了吧。

8 青梅雨

來到駒賀野車站的訪客，在站前圓環等公車時，突然想到「青梅雨」這個俳句用語。

她想不起來哪一首俳句有青梅雨，印象中自己也從來沒用青梅雨當教材。以前好像有讀過同名的短篇小說，但作者和小說內容都忘光光了。

造景的繡球花飽含雨水，花蕊垂得低低的。路上的水窪盪起波紋，整片景緻有一種煙雨矇朧的美感。

都會的雨勢令人不耐，但鄉下的雨水反而給人神清氣爽的感覺。用二分法來看的話，這裡的花草樹木遠比人類營生的跡象來得多，翠綠的大地在歡慶雨水的滋潤，所以才給人清爽自在的感覺吧。

小林雅美決定查一下，看看有哪首俳句提到青梅雨，下禮拜拿來當授課教材。

雨天讓人憂鬱，但花草樹木獲得雨水滋潤，綻放蒼翠的生命力。因此，古人才把這種景象稱爲青梅雨——

思考上課時該用什麼口吻，是小林雅美長年來的習慣。平常她看起來無所事事的時候，大多都在默念上課的內容。

可是思前想後，小林雅美還是決定作罷。那些高中生的年紀都能當她孫子了，在他們眼裡看來，這種授課內容太老氣了。

公車站搭設了塑膠屋頂，她坐在長椅上望著雨中的站前光景，完全沒有想讀書或看手機的念頭。

細雨綿綿的景象沒有持續下去。每當山風吹來，四周的景緻就會產生變化。大哥在等公車的時候，也是這樣凝視著靜謐的站前光景嗎？大哥說他是在十二月造訪，當時天上下的應該是雪花，而不是雨水吧。想必大哥也被這片平淡無奇的自然風景深深吸引了。

公車比預定時間晚了一點到。

「請問有到相川橋嗎？」

總覺得，司機在答話之前端詳了她一會。大部分的乘客都是熟面孔，因此司機看到這位陌生人，可能也在猜測是不是歸鄉服務的客人吧。小林雅美心想，這應該不是自己多心。

公車只載她一個人就出發了。今天是週末，一路上卻看不到其他觀光客。車子一下就開過杳無人煙的市區，來到一大片田園地帶，景色完全符合青梅雨這種風雅的古語。稻米、蔬菜、山林都在歡慶天降甘霖。

小林雅美靠在窗邊，想像著大哥是抱著何種心情眺望這片陌生的鄉土。大哥為人樂天開朗，身邊也有不少朋友，像他那樣的人並不適合做這種事。不過，半年前的冬天，大哥獨自坐上這輛巴士回歸「故里」。

光想就好心痛，小林雅美把額頭靠在窗戶上。

去年年底她去寺廟掃墓的時候，住持談起了出人意料的話題，大哥竟然想把室田家的墳墓遷往岩手縣。

小林雅美當然不曉得這件事。室田家在岩手又沒有親戚或舊識，因此她這個當妹妹的，懷疑大哥出差時養了小三，還打算把祖墳搬到溫柔鄉。

外遇遷墳固然令人火大，但至少比那莫名其妙的歸鄉服務好多了。

丈夫一點也不關心這件事，他說：

「老婆啊，這件事我們沒資格多說什麼。大哥想那樣做的話，就順他的意吧。當然啦，除非妳跟他老婆一樣，打著未來要拋棄我的主意，那就另當別論了。」

果然是數學老師會講的話，丈夫生性嚴謹自制，思考方式一向合乎邏輯，卻沒顧到人情義理。

丈夫教完這學期就滿退休年限了。私立高中和補習班邀請他去教書，目前他還沒打算接受那些邀約。

退休金大約兩千四百萬元左右，夫妻倆的財產是分開的，小林雅美也不知道丈夫到底有多少存款。但丈夫不菸不酒，連看書都去圖書館借，應該存了不少吧。更重要的是，做了三十八年的公務員，退休後還有充裕的年金。

丈夫從不讓人操心，但也實在是個無趣的人。尤其這幾年，這種傾向更加明顯。他把自己餘生的幸福換算成明確的數值，開始過著守成穩重的生活。

小林雅美清楚丈夫的脾性，因此當她聽到丈夫冷淡又合理的回答，真的打算兩年後拋棄這個人。畢竟兩人的退休金和年金都差不多，存款應該也大同小異，房子也是共同持有。跟室田家相比，真要離婚反而更容易處理。

「反正那也不是什麼邪教，妳非要求個安心的話，那就去看看吧。只是，兩天一夜要價五十萬元，太浪費了。」

「真不巧，當老師的沒黑卡可用，連要浪費的機會都沒有。」

小林雅美說這句話，其實是想挫一下丈夫的傲氣。

「都已經退休了，怎麼不重新檢討一下自己該用哪種信用卡呢？也罷，這也滿像妳大哥會做的事。」

小林雅美知道丈夫看不起自己的大哥。他們也只有在新年或婚喪喜慶的場合碰面，過了這麼多年還是一樣生疏。

大哥的個性沒什麼問題，可能丈夫對大哥的成就感到自卑吧。或者，丈夫對教職員這份職業特別自豪。

可是，現在是非常時期，一個沒弄好，妻子的娘家就要斷送在這一代了。當丈夫的不該躺在瑜珈棒上面，一副事不關己的態度吧？

兩年後拋棄這傢伙吧，到時候回老家照顧愣頭愣腦的大哥，守住室田家的祖墳。與其把自己的餘生奉獻給一個庸才，這樣做還來得更有意義。

回憶得太多，小林雅美有點疲倦了。

她抬頭看了路線圖一眼，相川橋還有很長一段距離。在溫潤的溼氣擁抱下，稍微打個盹也不賴。

公車開到沒人的站牌，也會停下來稍待片刻。

小林雅美這趟心血來潮的旅行，不是要體驗昂貴的歸鄉服務。也許信用卡公司提供的歸鄉服務值得信賴，但遷葬之舉還是令人費解。小林雅美猜想，大哥非常喜歡歸鄉服務，只是年紀大了也沒打算移居，至少想在自己喜歡的地方長眠。

丈夫說得也沒錯，一個嫁出去的妹妹不該管這件事。現在室田家只剩大哥一人，女兒都嫁人，老婆也跑了，只有大哥有資格做決定。

饒是如此，小林雅美也不希望大哥自作主張。祭拜多年的家族墓就這麼沒了，豈不令人感傷？而且，大哥非要在他這一代斷送室田家，做妹妹的看了也很難過。

雨勢不斷，浩瀚蒼穹蒙上一層灰色的雲彩，地上的草木反倒更添青翠碧綠。車子開過了幾個小聚落，卻看不到人影。

四周有不少荒廢的田地，不曉得是休耕時期還是人手不足。上頭也有白鷺群聚，歡慶著雨水的恩澤。

公車一路開過茂密的樹林，行經湖泊和山丘。小林雅美在淺眠的夢境中，看到了父母的身影。

父母並肩坐在前一排座位，看起來沒有很老，是他們剛退休經常去旅行的那個模樣。當年他們的兒子娶了媳婦，不久後女兒也找到歸宿，而且老人家身子還很硬朗，還有體力含飴弄孫。那是父母人生中最幸福的時光。

父親退休以後，個性變得極爲柔和。整天碎唸丈夫的母親，也變寬容了。

他們就是古早時代典型的老實夫婦。小林雅美感慨的是，自己和大哥都沒有學到父母好的特質。

一輩子辛苦工作，爲生活忍讓，只要人生最後十五年過得幸福，一切的苦都是值得的。現在想想，父母這種生活哲學太聰明了。

父母的夢境消失了。也許擦掉玻璃窗上的水氣，回頭看著煙雨濛濛的道路，會看到兩位老人家撐傘共行吧。

「客人，相川橋到囉。」

聽到司機溫言提醒，小林雅美才算眞的清醒。

「啊，謝謝，我要下車。」

小林雅美趕緊起身支付車資：

「不好意思，我不小心睡著了。」

「別介意。」

司機也溫吞以對：

「不巧現在天雨路滑，客人您走路小心啊。」

這司機講話眞是風雅有禮，他大概眞的以爲小林雅美是歸鄉服務的客人吧。

「哎呀，原來您還有伴啊？」

小林雅美疑惑地看著車內。

「不是，您看那裡。」

小林雅美看到的不是父母的幻影。司機打開雨刷清潔擋風玻璃，只見一輛計程車停在前面的橋邊。一位西裝革履的男子付完車資，撐著雨傘下車。

「呃，我跟他不是一起的。」

「喔，這樣啊，那可難辦了。」

小林雅美不懂這句話是什麼意思，但司機的表情透露出大事不妙的緊張感。換句話說，如果是夫妻其中一方沒趕上列車，才相約在當地碰頭，那還沒什麼關係。司機擔心的是兩位訪客撞期，那句「難辦了」聽起來相當急切。

「我是來掃墓的，請問慈恩院在哪裡？」

司機看起來似乎放心了，正確來說她是來造訪慈恩院，不是來「掃墓」的。

「原來是掃墓啊，勞您駕。您稍微往回走一段，慈恩院就在左手邊的位置。其實您事先吩咐，我可以在那裡停車啊。」

小林雅美一下公車，就聞到濃郁的山林氣息。一旁有漆成白色的小屋充當候車亭，這座村子冬天會被大雪覆蓋吧。來到這裡，她再次設身處地想起大哥的際遇。大哥這麼做有他的一番道理，他同時失去了工作和家庭，難以彌補內心的空虛。有年紀的人碰到這種雙重打擊，就算酗酒或自我放逐都不奇怪，想不開自殺的也大有人在。而大哥只花五十萬元買一場美夢，不愧是見多識廣的企業棟梁。

陰雨中隱約可見寺廟的屋頂。路旁有幾棟老舊的雙層民宅，看不出有人居住的氣息。

「喲呵。」

耳邊傳來奇怪的吆喝聲。公車已然遠去，馬路對面有一家門戶半掩的小商家。頗有歲月痕跡的看板很氣派，甚至跟周遭環境有些格格不入，上頭寫著「佐佐木酒鋪」。

昏暗的店內，一位婦女抱著酒瓶愣在原地。剛才走下計程車的紳士，也在店門口回過頭來。

這下麻煩了，得解開撞期的誤會才行。

小林雅美不曉得慈恩院是否可靠，因此也沒事先準備伴手禮。不過，光看村莊純樸寧靜的氣氛，慈恩院應該不會是什麼邪教組織，更不會強賣墓地給老人家吧。

小林雅美移開雨傘，向二人低頭致意，酒鋪老闆娘和那位紳士同樣點頭行禮。

「您好，我是來掃墓的，只是我忘記帶供品了。」

小林雅美走過道路，表明來意。那些人也跟司機一樣，稍微鬆了一口氣。

掃墓真是好用的藉口，不算是說謊，又能輕易破除誤會。

「喔喔，您是來慈恩院掃墓的啊，下雨天還特地跑來，辛苦啦。我在這一帶沒看過您，請問您打哪來？」

店內的婦人還沒有完全放心。

「我從東京來的。」

「特地從東京來掃墓啊。」

婦人的語氣比較接近困惑，而不是懷疑。想必這村落平常都沒外人造訪吧。

大哥提到的鄉土古厝和那位扮演母親的老人家，小林雅美都不感興趣。她純粹是想確認一下，室田家的墳可能會遷到什麼樣的寺廟。

「請問這邊有賣啤酒嗎？」

小林雅美話一說完，才想起有其他客人先到：

「啊，對不起，我沒有插隊的意思。」

「沒關係，妳先請，我不急。」

那是位身材高眺、茂密銀髮的紳士，怎麼看都不像這座村子的人。

「我也不急，你先請。」

小林雅美先離開酒鋪，拿出手機假裝閱讀簡訊，實則豎起耳朵偷聽二人談話。

「我們也沒遇過一次來好幾位客人，所以有些意外啦。小徹啊，好久不見咧。

去年秋天你來的時候我正好不在，沒能見你一面。」

喔？看來這位紳士就是歸鄉服務的客人。

小林雅美將手機放在耳邊，利用鏡面窺探店內。

「這瓶酒很適合一家人共飲，你拿去，當我們佐佐木酒鋪的一點心意。」

「哎呀，這怎麼好意思呢，請收下這點小錢吧。」

「不用啦，小徹。你這是要拿去祭拜父親的吧？伯父以前也很關照我啊。」

婦人動作很俐落，一下子就用布巾包好了酒瓶。

「我來妳店裡，怎麼好意思占妳便宜呢。」

「別這麼說啦，是我叫住你的。」

小林雅美屏住氣息，內心多了一個疑問。酒鋪老闆娘態度很親切，但客人有些手足無措，這種不自然的感覺是什麼？

假設紳士真的是歸鄉服務的旅客，而婦人是接待的工作人員，這種互動方式是正常的嗎？應該不會吧？

小林雅美沒有詳細打聽歸鄉服務的內容。當時她一聽到遷葬的話題就火了，再加上大哥又是不善言詞的人。不，最主要的原因是，她不想聽到失意的大哥說出那些喪氣話來。早知如此真該問清楚，大哥去年年底在這座村子經歷了什麼。

「那我就恭敬不如從命了。」

用布巾包好的酒瓶可以直接提著走。紳士收下酒瓶後，將酒瓶提到面前端詳了一會：

「對了，以前酒都是這樣賣的。哪像現在都放箱子和塑膠袋裡，怪沒情調的。東京也看不到老酒鋪了。」

「喔喔，原來你們東京那邊沒有老酒鋪啦？像我們這鄉下地方，其他店家都關門了，就只剩酒鋪還留下來。除了喝酒以外，窮鄉僻壤也沒啥好消遣的。」

酒鋪老闆娘豪爽地笑了。

「呃，我還有一個不情之請，請問這裡有賣什麼下酒菜嗎？」

「下酒菜啊？伯母不是很擅長下廚嗎？」

「有些東西我想讓母親嘗一嘗。」

「要給伯母的啊？」

「是啊。」

貨架上的商品不多，紳士從中挑了幾包調理包，再從冰庫中拿出冷凍食品。

這畫面挺有趣的。小林雅美收起手機，走進酒鋪內。

老闆娘愣住了，歸鄉服務的客人居然做出了出乎意料的舉動。

「這些我跟妳買。」

「咦？啊，不用啦，你拿去就好。」

「這可不行。不瞞妳說，這些都是我公司的產品。要拿給母親品嘗的東西，總不能讓一家小店白給。」

老闆娘訝異地看著那位紳士，還戴起老花眼鏡端詳商品，感觸良多地說：

「小徹啊，看來你眞的在東京出人頭地了，伯母眞好命。」

小林雅美是越看越糊塗了。這些對話和互動，眞的就像她看到的那樣眞誠嗎？還是這一切都是演出來的？姑且不論眞假，至少她的心確實被打動了。

「我母親算好命嗎？不，我沒有盡到該盡的孝道。」

半年前雪花紛飛的日子，大哥也有來這家酒鋪嗎？大哥不是細心的人，出外拜訪也不會準備伴手禮。不過，假如老闆娘眞的是歸鄉服務的工作人員，那麼按照情節安排，大哥是久未歸鄉的游子，她應該會叫住大哥吧？

一想到這裡，小林雅美把紳士看成自己的大哥，情緒頓時湧上心頭，忍不住抬頭仰望陰雨綿綿的天空。

大哥盡了爲人子女該盡的孝道，可惜卻走上父母不樂見的人生結局，他是不是覺得對不起父母，所以才想把室田家的墳遷到陌生之地呢？

「不好意思讓妳久等了。妳要拿去拜拜用的東西，這些夠嗎？」

老闆娘備好了一些啤酒，她應該很清楚這裡的住持和居民喜歡什麼酒吧？

「是，這樣就夠了。」

「需要祭祀用的表文嗎？掃墓獻上供品，總會用到吧？」

想太多也沒意義。小林雅美雖然不是眞的要掃墓，但終究是去寺廟拜訪，供奉神佛莊嚴一點也應該。

「是說，這些酒妳一個人拿挺重的吧？還下著雨呢。」

「反正也不遠。」

「不然，我幫妳包一下，免得淋到雨。」

這時候紳士也開口了：

「我是很想幫忙，只可惜身上東西也不少。那老闆娘，多謝您的美意了。」

「哪裡。小徹，幫我跟伯母問好。」

紳士肩上的包包不大，一看就是兩天一夜所需的行囊。他提著包好的酒瓶和塑膠袋，離開酒鋪。

紳士在屋簷下打開雨傘的時候，剛好和小林雅美對上眼。就那一瞬間的眼神接觸，她篤定紳士就是歸鄉服務的客人。對方也在懷疑是不是與其他客人撞期。

「那我先失陪了。」

紳士以低沉的嗓音打了聲招呼，接著低頭行禮，走入雨中的道路。

「那位客人是這裡的人嗎？」

小林雅美想從老闆娘身上問清幾個問題。

「喔，是啊。」

老闆娘似乎不太想回答。

「那位客人的母親，年紀應該很大了吧？」

「對啦。松永千代婆婆已經八十七歲了。啊，對了，請問妳貴姓？」

老闆娘拿出了供奉的表文卡，準備在上面寫下客人的姓名。

「我姓小林。啊，不好意思，容我改一下。」

小林雅美此番前來，主要跟室田家遷葬有關。因此，她是以室田家女兒的身分來的。

「我姓室田。寶蓋頭的那個室，室田。」

老闆娘字寫到一半停了下來：

「喔，妳姓室田啊？」

小林雅美總算想通了。即將迎接那位紳士的松永千代女士，又叫室田千代。不對，迎接不同客人就改用不同的姓氏，根本是超級老媽。而這位佐佐木酒鋪的老闆娘，算是這個虛擬鄉土的嚮導吧。

「這樣寫好嗎？」

老闆娘寫得一手好字。

「這樣很好。不好意思，給妳添麻煩了。」

老闆娘怎麼看都不像信用卡公司雇用的臨時演員。那黝黑的肌膚和乾燥的頭髮，一看就是在山間聚落生活的人。

「客人啊——」

老闆娘低著頭小聲地說：

「慈恩院的和尚是個正直的好人，請不要責怪他。」

聽到老闆娘這句話，小林雅美對自己莽撞跑來這裡感到非常羞愧。

「佐佐木女士——」

老闆娘還是沒有抬起頭，想必她也是個正直的好人。

「我絕不會給你們添麻煩的。只是我大哥想把東京的家族墓遷來這裡，我有點意外。我知道嫁出去的女兒不該說三道四，但我很想知道這裡是怎樣的地方。是我太莽撞了，眞的很對不起。」

老實說，小林雅美甚至想說出大哥如此想不開的原因。

「客人啊，還請妳千萬別跑去千代婆婆家。」

「我答應妳，絕不會去她家。」

今天老婆婆的身分是松永千代，不是室田千代，小林雅美當然不可能過去。

小林雅美堅持付完帳，離開酒鋪以後，在濛濛細雨中看到紳士的背影。

那位紳士應該六十好幾了吧，一定是社長級的大人物。而且是在知名的大企業高就，幾乎每個家庭的冰箱都有他們的產品。

小林雅美抱著供品，一路上想像著松永紳士的人生經歷。

來到通往山門的石階，小林雅美猶豫了。

雨滴打在雨傘上的聲音，彷彿在質問她所爲何來。然而，都已經來到這裡了，也不可能空手而歸。

這座寺廟外圍有老舊的圍牆，石階上也有厚厚的青苔，大概很少人造訪吧。室田家長年參拜的也是同宗派的寺廟，但東京的寺廟和這間寺廟大異其趣。

小林雅美下定決心拾級而上，經過一番自省後，她終於明白自己來這裡的意義。她不是要跟大哥的決心唱反調，了解大哥的苦惱才是眞正的目的。

穿過山門，想不到境內有一座寬敞的庭園。花草樹木都經過細心打理，庭園本身的布置也很簡樸，多一分或少一分都會破壞恰到好處的美感。

石板地一路通往大殿，上方有恢弘的屋頂，一旁的伙房還有精美的博風板。光看講究的建築造型，歷史肯定是淵遠流長。換句話說，已經荒廢的偏鄉也曾經熱鬧過，才會有這樣氣派的寺廟。

小林雅美站在伙房的玄關前，猶豫著該不該進去。入口處有三口爐灶，其中一口爐灶已有火光。裡面是那種古早時代的廚房，沒有瓦斯爐和水龍頭。木板地像上過漆一樣光亮，高聳的天花板還專門開了一個排煙孔，陽光透入排煙孔中，帶來平靜和煦的感覺。

「不好意思，請問有人在嗎？」

小林雅美著迷地欣賞廚房的光景，欣賞夠了才對著屋內喊人。她發出的聲音不小，但沒有人答話。

「不好意思，請問有人在嗎？」

她把雙手靠在嘴邊又喊了一次，過一段時間才聽到男子回話的聲音，就好像山谷傳來回音一樣。不久後，如暗渠般陰暗的走廊，出現了一位清瘦的老和尚。

「請問您是？」

佐佐木酒鋪應該有先知會這位和尚才對。小林雅美認定老和尚知情，緩緩走近對方。

住持輕甩衣袖，展現出莊重相迎的態度。和尚年紀雖大，但姿勢相當挺拔，頗有禪僧的風骨。東京那間相同宗派的寺廟住持，跟這位相比可差多了。小林雅美很後悔挑選啤酒當供品，對自己的思慮不周感到可恥。

「冒昧打擾實在抱歉。」

小林雅美遞出名片。

「原來是小林女士——喔喔，您是位高中老師啊。」

住持戴著老花眼鏡，依舊把名片拿得很遠。

「我的舊姓叫室田，前陣子家兄承蒙您關照了。」

小林雅美以爲這樣說明就夠了。不料，住持只是保持莊嚴的姿勢合掌跪坐，彼此的代溝並未消失。

「我不是要來抱怨什麼的，可否撥冗一談呢？」

住持凝視著小林雅美的臉龐，花白的長眉毛幾乎要蓋住眼睛。

「下雨天您還不辭辛勞造訪本寺，在下當然無有不從，請您進來吧。」

小林雅美怯生生地遞出供品：

「抱歉，來的路上沒準備好供品，這是臨時買的。」

住持露出尷尬的笑容，收下了啤酒：

「請別介意，您買酒對下邊的酒鋪也是件好事。不然我們這都是老人家，也喝不了太多酒。」

小林雅美不認爲這樣的老和尚會有惡意。大概是信用卡公司提出振興村落的方案，他只是貢獻一己之力吧。

小林雅美脫下鞋子後才發現自己失態，溼掉的絲襪弄髒了地板。

「請不用放在心上。禪寺從以前就是光著腳走，也沒人穿拖鞋的。打掃也是我們禪僧的主要工作，您隨意就好。」

住持再次雙手合十，從地板上站了起來。和尚的生活中沒有柔軟舒適的椅子或床鋪，所以下盤很堅實吧。

伙房沒有其他人的氣息，小林雅美踮著腳尖在走廊下行進。

「我小的時候啊，這間寺廟還有小和尚呢。」

老和尚的鄉音很重，奇怪的是聽起來不會不好懂，想必是說出口的每句話都眞心誠意的關係吧。

「我們就住在伙房裡，做完早課就去學校上學。有些農民養不起小孩子，就丟到寺廟來當和尙。大家都夢想著以後高中畢業，要去仙台、盛岡、東京念大學。」

「現在就您一個人嗎？」

小林雅美隨口一問，卻換來了悲傷的答案。

「是啊，三年前我老婆去世了。我們育有一子，但他去了東京就沒回來過啦。」

這座村子的結局已經註定。小林雅美不知該如何答話，也不敢再隨便問什麼。

二人經過伙房的和室，看得出有生活起居的痕跡。老和尙要一個人打理偌大的寺廟，沒太多心思整理起居的地方吧。

穿過伙房走上階梯，二人來到正殿的簷廊，山風正好迎面而來。

「請。」

正殿裡有大量的幡和佛具，裝飾得相當華美。小林雅美在佛像前正襟危坐，合掌膜拜，爲自己冒昧叨擾致上歉意。

「後方還有安放牌位的地方和禪堂。」

住持雙手合十，抬頭仰望著金箔脫落的佛像。正殿看上去比外觀還要狹窄，小林雅美感到坐立難安。

「一直到十多年前，縣立高中的劍道社和柔道社，還會來這裡留宿參禪。可惜，現在的老師不重視精神鍛鍊，也就沒再帶人過來了。村子荒廢成這副德性，我們也是自顧不暇，根本也不好意思請人家來。」

小林雅美年輕的時候，確實有些教育方針較為保守的老師。當然，她在東京沒看過那樣的教職員，但校風純樸的鄉下高中，帶運動社團的學生去參禪也不足為奇。姑且不論參禪是好是壞，至少住持說得沒錯，現在的老師已經不注重身心修養，只會照本宣科，仰賴各種教範和數據資料。小林雅美自己就是典型的例子。

住持突然跪地伏首，小林雅美起先以為那是什麼參拜的禮法，但事實不然。住持轉身面對小林雅美，立刻低下頭來，額頭幾乎要碰到地板。

「眞的非常對不起，我從來沒想過要慫恿您的家人遷墳。不過，我一個外人確實佯裝成熟人欺騙令兄，眞是愧為佛門弟子。」

「請別這麼說，我來這裡不是要責怪誰的。家兄也有他自己的難處。」

「是，每個人都有自己的難處，但我終究欺騙了令兄。」

「不是的，沒這回事。家兄是自願來求一個虛假的回憶，你們純粹是滿足他的要求。從法律和道德上來看，這都是正當的商業行為。可是，家兄喜歡這塊地方，甚至想遷葬祖墳，這又是另外一回事了。所以，我只是想來了解一下，請抬起頭來。」

就在這時候，外頭傳來一名男子慌張呼喊住持的聲音。住持起身打開拉門，只見一道人影穿過山門跑來，手上也沒撐雨傘。

「慌慌張張的什麼事啊，阿寬？」

「酒鋪的有跟我聯絡啦，她只傳簡訊沒打電話，所以我剛才沒注意到。和尚啊，你這邊不要緊吧？」

住持壓低音量回話：

「放心，我沒事。倒是你這麼緊張，會嚇到令尊吧？」

「我沒跟爸說，他不知情啦。」

小林雅美靠近門口偷聽。和尚刻意放低音量，但還是聽得很清楚。

「那你老婆呢？」

「她去養魚場了。」

「這樣啊，那就別張揚了。」

語畢，住持打開整扇拉門。他先乾咳一聲後，向男子介紹小林雅美：

「去年年底，有位室田先生造訪不是嗎？這是他的妹妹。小林女士，這位是本寺的信眾佐藤寬治先生。」

男子大約四十來歲，還是精力旺盛的年紀，肯定是支撐滿村老弱的棟梁。

佐藤寬治在大殿的臺階上坐了下來，伸長脖子問了一聲好。

小林雅美不知如何接話，便直接說出內心所想：

「今天有其他客人造訪對吧。」

佐藤寬治一聽，怯生生地縮起脖子，看上去也是敦厚的老實人。

「我另有要事才來這座寺廟拜訪的，請別擔心。」

據說，東京人講話有種咄咄逼人的感覺。當然，從小生長在東京的小林雅美，自己感覺不出來。

「室田先生打算把東京的祖墳遷來這裡，所以他的妹妹才來關心一下。唉，當初他確實是有提過這件事，我以爲他只是說說而已。」

住持簡單扼要說明小林雅美的來意。

「原來他不是說說而已啊？祖墳遷來這裡很遠耶，要來掃墓也不容易吧？」

佐藤寬治也認眞看待這件事。大都會的人並不熱衷祭祀活動，尤其住在公寓的人用火要特別謹慎，不少人乾脆省下各種法會。近年來，有的家庭也不建墳，親人死後就直接把骨灰撒在大海或山林中。

「還好，其實也沒有很遠。」

小林雅美說出感想，才發覺這應該是東京人特有的距離感。

實際造訪這座偏鄉，確實是沒有想像中的遙遠。可是，對村落裡的人來說，東京一定是很遙遠的存在。會覺得來這裡沒有很遠，純粹是東京人自視甚高罷了。

住持老邁的雙眸，凝望著陰雨不斷的天空：

「我也沒想到東京的貴客，會想把祖墳遷來這裡，所以才說了一些渾話。這位客人，還請您務必與令兄好好參詳參詳。」

這座寺廟未來沒有人繼承。住持剛才也說，兒子去東京就不肯回來了。這中間的原委外人不得而知，總之東京這個黑洞吞噬了寺廟的繼承人。那塊狹窄的土地上已經容納了一千四百萬人，但東京依舊貪得無厭。在那種充滿壓力的環境生活，怎麼會幸福呢？

比方說，同樣一場雨下在東京，只給人鬱悶的感覺；下在這塊寶地卻清爽無比，甚至讓人聯想到青梅雨這麼優美的古語。

「請問墓地在哪裡呢？」

遷不遷墳還要跟大哥商量才行，但人都來了，總要看一眼墓地再走。小林雅美想知道，大哥為何喜歡這座寺廟的墓地。

「您順著簷廊走到後邊，就看得到墓地了，而且不會被雨淋溼。請您自便，我去替您泡一盅茶。」

「那我去看看，您不用費心招待沒關係。」

住持大概也不好意思跟去吧。參與歸鄉服務還沒什麼話說，提供客人未來的墓地，可能他自己也覺得太過了。

「那我也走啦。和尙，有什麼事情再跟我聯絡吧。」

佐藤寬治也離開了，似乎不想跟來客有過多的瓜葛。

小林雅美思考著，自己是不是給這些善良的人添麻煩了？她順著簷廊一直走，疑惑的心情漸漸化爲恐慌。這裡有善良的村民和美麗的自然，而自己竟然猜忌這塊至善至美的地方，小林雅美對自己的本性起了疑慮。

恐怕大哥也有類似的感慨吧？竟然想用金錢買一個至善至美的體驗，他一定也對自己的作爲充滿疑慮。

四周傳來鳥兒啁啾的聲音，雨勢停了，餘下的恩澤自屋頂滑落。

小林雅美忍不住發出感動的讚嘆。

圍籬後方，有一片經過春雨洗滌的清靜墓地。看得出來歷代的住持和信眾，很努力維持墓地莊嚴清聖的氣息。

墓地的背面是綿長的山麓，古早時栽種的杉木林無人開墾，已化爲大自然的一部分。仔細看，山麓上還有各種闊葉樹，想必秋季會交織成一幅錦繡般的美景吧。

寺廟旁的小徑再往上走一段距離，有一間頂著茅草屋頂的古厝。小林雅美聞到空氣中飄散著烹煮食物的醇香氣味。

難不成，那間古厝就是客人尋求的「故鄉」？也難怪住持和另一位村民，不願跟小林雅美一起來簷廊看墓地了。因爲站在這裡，會看到這座虛構的舞臺。

大哥踩著白雪走上坡道的情景，宛如親眼所見。失去生存意義的大哥，究竟是抱著怎樣的心情追尋虛構的故鄉呢？那位扮演母親的老婆婆，又是露出怎樣的笑容相迎？

山間透出微弱的陽光，在煙霧繚繞的古厝屋頂上，灑下幾許淡淡的光紋。

小林雅美起心動念，拿出包包中的手機。接下來她要做的事並不可取，但她一點也不猶豫。

「您好，這裡是聯合信用卡高級會員客服，敝姓吉野。不好意思，麻煩您輸入手邊的信用卡卡號。請開始輸入。」

小林雅美按下大哥告訴她的卡號。大哥還說，這些驗證手續很麻煩。

「室田精一先生，您好。請問是您本人嗎？」

「不，不是的，我是他的家人。」

女客服並未動搖：

「您好，眞的非常抱歉。依照我們俱樂部的規定，非會員打來的電話是不能受理的，還望您見諒。」

剛下完一場雨的山村，在天上架起了一道彩虹橋。

「等一下，請先別掛斷。」

小林雅美仰望天空，就像在挽留天使一般，請對方暫待片刻。

「謝謝你們拯救了我大哥。」

9 螢火

「我回來了。」來到古厝的玄關前，松永徹對著門內大喊。

「你回來啦。」門內傳來語尾輕揚的答話聲。

玄關有一扇雙開式的大門，底下還有粗厚的門檻，這種設計其實稱不上玄關。在過去這是給人和馬匹出入的，所以只考量到高度和寬度，缺乏精美的考究。

松永徹收起雨傘，出神地望著這間古厝。從茅草屋頂滑落的雨水，如同寶石般晶瑩剔透。

母親縮著身子，坐在陰暗的木板地上。她沒起身相迎，表情還有些落寞。

「媽，妳怎麼了？」

「也沒什麼。最近一直下雨，渾身都在痛，我也上了年紀啦。」

母親發出吆喝聲撐起身子，帶著滿面笑容迎接松永徹。

「回來就好，終於把你盼來啦。這段時間都沒回家，我可擔心呢，生怕你是不是哪裡不舒服。」

松永徹放下行李，關心母親嬌小的身軀：

「別擔心，我只是有點忙。倒是媽，妳身子不要緊吧？」

母親點點頭，靠在松永徹的懷裡。

這位老婆婆真是不可思議的人。明明這一切都是虛構的，她扮演的母親卻給人一種眞心誠意的感覺，絲毫感受不到半年沒見的代溝。

「小徹啊，你吃過飯了嗎？」

「有，我在駒賀野車站前吃過了。」

「什麼嘛，原來你吃過了，虧我準備了雜燴麵疙瘩。」

使用歸鄉服務必須遵守幾項規定。其中一項規定是，沒有經過客服的同意，不得直接聯絡當地家長。當然，松永徹不知道老婆婆的電話，想聯絡也沒辦法。

所以，這些平凡無奇的對話和互動，對當事人來說倒也妙趣橫生。

「剛好有一家充滿懷舊氣氛的咖啡廳，本來只是想去喝杯咖啡，沒想到連飯都吃了。」

「你說的站前的咖啡廳，是獵戶座吧？」

「對，那邊有賣套餐，我還猶豫要吃蛋包飯還是義大利麵呢。」

「你這孩子也眞怪，那種菜色在東京隨時都吃得到吧？」

母親抱住松永徹的腰部，慈祥地仰望著他。

「東京已經沒有那種咖啡廳了。現在的咖啡廳都很時髦，待起來挺不自在的。蛋包飯和義大利麵，也少有機會吃了。」

母親的表情沉了下來：

「既然這樣，雜燴麵疙瘩也不合你胃口了吧？」

「沒這回事。」

更多的心意松永徹沒有說出口，而是把母親包著頭巾的小腦袋，直接擁入懷裡。

不是合不合胃口的問題，他只是想找到已經喪失的回憶。曾幾何時，陪伴自己長大的東西統統不見了。生活在大都會，就是要忍受一連串的失去，連懷舊都不被允許。

「媽，妳肚子餓了嗎？」

母親點了點頭。

「好，那雜燴麵疙瘩我晚點享用，午飯我來做給妳吃吧。」

「不行啦，這可使不得，男人怎麼能做菜呢？」

「沒關係啦，可別小看單身男子的家事本領。」

松永徹一把抱起母親，讓她坐在架高的木板地上歇息。

「讓你做這種事，我會被罵的。」

「被誰罵？」

「你還問我——」

「妳不說誰會知道呢？我也不會說啊。」

母親在木板地的邊緣，晃著搆不著地的雙腿，低下頭來說：

「這不是保密的問題，我和村民都會困擾啊。」

一看就知道老婆婆沒法欺瞞他人。松永徹認爲自己必須體諒，讓這些純樸的人演戲說謊是件多沉重的事情。更何況，這種純樸是自己早已喪失的東西。

「我來露兩手。」松永徹替自己打氣，順便脫下西裝外套，捲起襯衫的袖子。

廚房位在房子的角落，已經相當老舊了。不過，放在這間數百年屋齡的古厝裡，還是顯得有些不搭調。

這裡找不到微波爐，但瓦斯爐和水槽都打理得很乾淨，保溫鍋裡也煮好一鍋香噴噴的白飯了。

「眞不好意思啊。」

母親依舊垂著頭，坐在架高的木板地上。

「我是妳兒子，又不是客人。」

從那一天起，松永徹就一直掛念著這間古厝和老母親。或許，母親一直很後悔撒謊吧？說不定連良心也大受苛責，就好像一把老骨頭禁不起陰雨摧折一樣。

「媽，我有一件很自豪的事要告訴妳。」

松永徹拿起在酒鋪買的調理包：

「其實呢，這些都是我們公司生產的商品，世界各地都有在賣。只要有商店的地方，不管是美國、歐洲、中國、非洲都有賣。」

當然，松永徹並不是想大聲炫耀。在這間用大量木頭搭建的房子，雨水打在茅草屋頂上的聲響十分清澈，因此他才會一反常態，拉高嗓門說話：

「現在這個時代，大家都用微波爐加熱食品。但不是每個國家都有微波爐可用，所以我堅持保留水煮和烹煮的加熱方式。」

母親本來還晃著雙腿，一副百無聊賴的樣子。一聽到松永徹談起自家商品，趕緊收起雙腿正襟危坐。

「抱歉抱歉，這不是多了不起的事啦。總之，等我三分鐘就好。」

高層在開會的時候，也有人多次質疑，加熱只需三分鐘是否有誇大宣傳之嫌。

事實上，加熱時間只需三分鐘並非宣傳口號，而是開發商品的前提。

松永徹先用平底鍋煎煮漢堡排，另一口鍋子放入菜色豐富的和食調理包，有醬煮芋頭和鹿尾菜。

這三分鐘，他做了一場夢。

夢中，他頂著豔陽天跑回家，母親正在廚房做飯。他很驕傲地拿出成績單給母親看。

（哎呀，每一個科目成績都很好啊。小徹，你真了不起。）

幾年後他外出打拚，就這麼拚了四十年都沒回家。

「唷呵，你會變魔術是吧？」

「只是普通的調理包啦。下面的酒鋪也有賣啊，妳沒吃過嗎？」

母親先是驚訝，又表現出羞赧的樣子：

「這些東西我都沒吃過。我一個老太婆，採一些山菜或農作物果腹就行了。」

雖然說是這麼說，母親吃了一口漢堡排，睜大眼睛讚不絕口，也許她很喜歡吃肉吧？

老實說，松永徹私下不會吃自家公司的產品。年輕的時候幾乎照三餐吃，年紀漸長，飲食習慣也越見謹慎。

可是，公司開發新產品他一定會試吃。兩百多種調理包的味道他都嘗過，也確實有一些個人的好惡。

母親用缺牙的嘴咀嚼食物，飯碗和筷子卻放到膝頭上，不再夾菜食用。

「我根本煮不出這麼好吃的東西。你們都說我煮的飯菜好吃，是看我年紀大了，說些好話安慰我吧？」

松永徹搖搖頭回答：

「沒這回事。媽，這些東西比不上妳的飯菜。」

母親感動得哭了。看著母親抖動肩膀啜泣，松永徹心想，爲什麼一個人有辦法永遠保持純良的秉性呢？母親的反應就像天眞的小女孩，一個自責廚藝不精的新婚妻子。

「媽，我跟妳說——」

松永徹斟酌了一會，最後決定說出這番話：

「我一直在追求母親的味道，所以才做得出好吃的東西。不過，這些東西根本比不上妳的飯菜，不可能比得上。」

母親低著頭咀嚼食物，碗筷一樣擺在膝頭上，連連點頭稱是。

公司開發產品多年，講究的不是味道也不是成本，而是「方便性」。然而，養活人命的食物不該一味追求便利，這是一種墮落，更不可能比得上母親精心烹調的飯菜。

松永徹也坐進和室，不再細想。反正，他已經分不清虛擬和現實的界線了。他現在的行為，就如同小孩子放學回家秀出成績單一樣，要說炫耀也未嘗不可。看起來是幼稚了一點，但這位老母親，確實有讓人想討好她的魅力。

「眞的好好吃啊。」

母親端坐在地爐邊大快朵頤。那旺盛的健康食欲，不管看幾次都心曠神怡。

「這些食物，都是你這位大老闆開發的嗎？」

「不是，不是我開發的。我只是長年在商品開發部門工作，負責提出一些企畫，偶爾對新商品抱怨幾句罷了。妳要說是我開發的，也行啦。」

母親不置可否，眼神卻顯得很悲傷：

「所以，你才沒打算結婚嗎？」

母親似乎認爲，年過六旬的單身男子過得很辛苦。

「也不是，純粹是嫌麻煩罷了。」

「嫌結婚麻煩啊？」

這個話題再聊下去不好善後，松永徹抬頭看著簷廊外的屋簷，沒有答話。戶外的天空放晴了，水滴自屋頂斷斷續續落下，還有幾隻鳥兒飛過庭院。

方便的調理包日漸普及，跟不婚不生的社會現象也有關聯吧。現代社會如此便利，生活也越來越舒適，忍受孤獨就能換來寶貴的自由。一旦領悟了這個道理，就懶得去做什麼努力了。至少，松永徹是真心這麼想的。

或許，母親也看透他的想法。他不是忙於工作沒空結婚，而是追求這些便利的東西，只想一個人悠哉生活。松永徹總覺得，母親的話中頗有這番責備的含意。

「哎呀，有彩虹呢。」

母親拱起身子指著戶外，天空出現一道淡淡的彩虹。

「對啊，有彩虹。」

「嗯，好漂亮的彩虹。」

淡淡的虹光越見清晰，在山區和村落間架起一道斑斕彩橋，劃過逐漸放晴的天空。

「東京看得到彩虹嗎？」

聽到母親的疑問，松永徹陷入沉思。前一陣子，他在下雨天打完高爾夫球時，剛好有看到彩虹：

「也看得到，只是東京的天空太狹窄了。」

母親又流露悲傷的眼神。對她來說，狹窄的天空看起來很悲哀吧。

松永徹很享受這段閒話家常的時光。如果這一切不是虛構，而是眞正的歸鄉，母子之間也會有類似的對話吧。

歸鄉服務應該沒有這麼詳細的對話教範。換句話說，母親的反應是渾然天成的。

松永徹靠在柱子上沉思，仰望彩虹高掛的寬廣天空。母親在這間古厝裡，肯定生養了好幾個孩子吧？不然，扮演母親豈會如此自然。

可是，母親確實一個人獨居，也感覺不出有其他家人。照這樣看來，眞正的子孫應該也是久久才回來一次。

松永徹打斷猜測，不再深究下去。他得徹底融入母子情境中，否則這個豪華又奢侈的歸鄉企畫就沒意義了。

看著鮮明的彩虹橋，松永徹決定換個話題。

「剛才，我遇到一個從東京來的人，說是要來掃墓。」

母親沒有答話。

「酒鋪的老闆娘也嚇一大跳，看上去不像這裡的人，可能是誰家的親戚。」

這時候，母親終於給了溫呑的答覆：

「這樣啊，大雨天還特地跑來，眞是辛苦了。」

母親放下筷子合掌道謝：

「多謝款待啊。能吃到孩子準備的飯菜，眞是最奢侈的享受了。啊，太好吃了。」

語畢，母親即刻起身收拾餐具，似乎不願談到來掃墓的女子。

松永徹直覺認定，母親今天的反應有些奇怪。剛來的時候，母親坐在地上沒有起身相迎，他起先懷疑母親身體不適。後來母親終於進入狀況，舉止卻略顯浮躁。

有沒有可能──女子是不請自來呢？比方說，她去仙台或盛岡辦完事，突然很想念「故鄉」。體驗過歸鄉服務的人，有這樣的反應也不足爲奇。況且，歸鄉服務也沒有明文規定不得私下造訪，信用卡公司相信高級會員都是懂分寸的人。

不料那位女子在公車站，碰上了有正式預約的訪客。左右爲難之際，只好謊稱自己是來掃墓的。

那時候，松永徹也懷疑預約是不是撞期了。當然，信用卡公司的客服不會犯下這麼低級的錯誤，有可能是自己搞錯時間。問題是，松永徹反覆核對過，並沒有搞錯時間。

酒鋪的老闆娘也很訝異。照此推算，沒預約就跑來的女子，用「掃墓」這種藉口來化解尷尬也實屬正常。

松永徹不知道那個女的後來怎麼樣了，但酒鋪老闆娘一定有先聯絡母親。畢竟這可是緊急狀況，一個沒弄好，兩名素未謀面的子女會同時出現在母親面前。

母親接獲消息十分慌張，不曉得如何是好。正在犯愁，就聽到兒子回來的聲音。

松永徹做出這番推論，心想自己應該所料不差。兒子到家，女兒卻不見了，母親肯定很心急吧？

母親在廚房洗碗，松永徹對母親說：

「媽，妳不用顧慮我，我沒關係的。」

母親也聽懂了松永徹的意思。隔了一拍後，歉然說道：

「謝謝你啊，小徹。」

萬一那個女子眞的跑來家裡，松永徹也做好心理準備了。三個人一起喝酒聊天也不錯，或者他們可以佯裝兄妹，共同融入這個虛擬的世界中。

松永徹持續欣賞天邊彩虹，卻看到了一個意外的光景。

剛才那個女子，茫然地站在慈恩院的正殿後方。她看著雨後的墓地，最後抬頭仰望群山和彩虹。看到這一幕，松永徹認爲自己多心了。也許女子眞是來掃墓的，只是在等雨停。

「媽，來一下。」

「怎麼啦，小徹？」

母親洗好碗，拖著身子回到地爐邊，松永徹招招手請母親過來簷廊。

「你看到猴子啦？」

「不是啦。我說眞的，妳不用顧慮我沒關係。妳看，站在那邊的女子，妳認識嗎？」

母親雙手撐在地上，仔細觀察了好一會。古厝位在地勢較高的區域，可以俯瞰山腳下的墓地。在這裡放聲呼喊的話，正殿後方的人應該也聽得到。

「沒有，我不認識那個人。」

「眞的嗎？我知道妳有妳的難處，不用顧慮我沒關係。」

「就跟你說不是了，那人我眞的不認識。」

女子依舊茫然站在原地，從包包裡拿出手機。

「小徹啊——」

「有什麼話儘管說吧。」

小徹拍拍母親的肩膀，母親猶豫地說道：

「我女兒是當醫生的，跟那個人長得完全不一樣。我女兒更高䠷，頭髮也比較長。」

母親說的應該不是眞正的女兒吧。大概是歸鄉訪客中，有那麼一位女醫生吧。母親面對工作的誠摯態度，打動了松永徹。不對，母親在意的不是工作，她是眞的把每位訪客當成自己的子女。

「不過，小徹啊。那個人的身分，我算是有一點頭緒。」

母親承受著眞實和謊言的拉扯，松永徹不願看到母親煩惱的模樣，便打斷了這個話題：

「媽，沒關係，既然不認識那就算了。」

女子講完電話，也發現有人在觀望自己。母親正襟危坐，非常謙恭地低下頭來。女子一臉困惑，但也點頭回禮。

最後，女子再次瞭望雨過天晴的群山，回到了正殿之中。

「我跟和尚都以爲那個人只是說說而已。唉，這下該如何是好啊。」

母親要是碰到什麼問題，松永徹不介意幫忙調停。不過，身爲客人這麼做似乎也不太妥當。

「你們有事要商量的話，妳就去一趟吧。我在這裡睡個午覺也好。」

「沒事沒事，交給和尚就行了。好了，我去泡一杯熱茶吧。」

母親撐起身子站起來：

「小徹啊。」

「怎麼啦？」

「午飯很好吃喔。」

母親溫柔的笑臉已經看不到一絲困惑。松永徹衷心佩服，母親不只聰明懇切，而且還能好好控制自己的情緒，實在是個了不起的人物。

雨停了以後，森林裡傳來蟬鳴聲，屋簷也不再有雨滴滑落。豔陽再次露臉，彩虹也如夢幻泡影般消失了。

剛才站在慈恩院正殿後方的女子，究竟是誰呢？

松永徹原先以爲，對方是沒預約就跑來的會員，可惜他猜錯了。母親不認識那個女子，卻大概知道對方所爲何來，緊接著還說，他們以爲那個人只是說說而已。

從上述幾項訊息，可以做出什麼合理的解釋呢？

女子可能是會員的妻子，這說得通。也許妻子看到信用卡公司送來的對帳單，發現有一筆「歸鄉服務」要價五十萬元。就算丈夫品行敦厚又有錢，做妻子的看到這筆大開銷也不會不聞不問。

丈夫好說歹說都沒用，而簡介的內容又略嫌抽象浮誇，妻子疑心也就越來越重，非得親自來確認一下不可。

當然，松永徹沒結過婚，不曉得做人妻子一般的脾性，這一切都只是他的猜想。

等一下，要眞是這樣，爲何女子會談到寺廟和墓地的話題？倘若女子到站下車後，看到很像正式預約的來客，才臨時搬出「掃墓」當藉口，那她不可能眞的跑到慈恩院的正殿吧？又不是京都或奈良的名刹古寺，何必特地跑去參拜呢？

「小徹，喝茶吧。」

母親在老舊的走廊上放了托盤，上面有茶杯和日式點心。兒子難得回家一趟，這確實很像一個母親會做的事情。

整件事的答案只有母親了然於心，偏偏松永徹又不能過問。

「很氣派的正殿對吧？你可知道，以前正殿屋頂用的不是瓦片，而是茅草呢。」

慈恩院的屋頂正對著松永徹的視線高度。這麼大的屋頂過去用茅草搭建，看上去一定很壯觀吧。

「茅草過一段時間就要替換，在替換茅草的前一年秋天，所有村民會一起去後方的山裡割茅草。稻米收成以後，全村四、五十個人會牽著六、七十匹馬上山。就連外地人也會跑來慈恩院看熱鬧呢。」

母親的言外之意是，不要想那些有的沒的了。

即使那個人是會員的妻子，松永徹也想不出她跟寺廟的關聯。

不知何故，半年前的往事突然浮現心頭。那時候，還是繽紛絢麗的秋季山景。歸鄉服務的精緻安排和服務精神，好到讓人有些不習慣，因此松永徹早早就離開了。當初，母親也勸他不妨去掃墓。

對了，松永徹經過慈恩院的時候，老和尚也有叫住他，跟他談起掃墓的話題。信用卡公司的服務再怎麼周到，也不可能眞的立一座松永家的墳墓，這種事情光想就陰陽怪氣。

松永徹轉頭俯視墓地，不再看著正殿的瓦片屋頂，墓地幾乎占了寺內的一半面積。而且有一部分在放射狀的緩坡上，離這間古厝相當近。

感覺墳墓的數量比村民的數量還要多。或許，這裡以前是很繁華的村落吧？還是說，人們離開村子也沒遷走祖墳，只有逢年過節的時候才回來掃墓？總而言之，這一大片墓地都精心整理過，沒有一點疏漏。

不必深入細想，松永徹就得到八九不離十的答案。

等他做完這一任社長，打算趁有空的時候收掉自家祖墳。與其麻煩親戚打理，弄到最後墓地荒廢，遺骨還被人牽到公墓，倒不如自己親手結束這一切。

松永徹並不認爲這樣很可憐。現在人口都集中在都市，而且少子化問題持續多年，跟松永徹一樣際遇的人不在少數。

假設其中一名會員嚮往鄉間生活，而且也在這個簷廊下眺望過墓地，說不定會對遷葬感興趣。於是，那名會員回東京跟老婆商量，老婆被這個沒頭沒腦的提議嚇到，又不想跟愣頭青的丈夫一樣，浪費五十萬元住一晚，因此決定當天來回看一下。

這下全都說得通了。

「小徹啊——」

媽，有事等會再說。問題是，遷葬服務是信用卡公司提供的，還是慈恩院的生意呢？抑或這一切純屬偶然？

「下雨天的日子，晚上會有很多螢火蟲跑出來，待會要不要去納涼啊？」

母親不想讓松永徹繼續深究，當媽媽的就是這樣。

「有螢火蟲看？好啊。」

「去相川橋那裡，你會看到一大堆螢火蟲。」

母親遮住缺牙的嘴巴笑呵呵，也許母親不是不讓兒子深究，而是在責備他不該深究吧。

「唷，你還活著嗎？」

每次打給秋山光夫，他都很快接起電話。這位友人看似溫吞，但總在一些奇怪的事情上缺乏耐性，可能這就是美國人的特質吧。

「哪有人這樣打招呼的？對了，阿光，你猜猜我人在哪裡？」

「在溫柔鄉吧？」

「少跟我貧嘴啦。」

「哈哈，聽你的問法我就知道了，肯定又花五十萬元去享受歸鄉體驗是吧？你唷，眞是過太爽。」

等母親去廚房準備晚飯，松永徹進入佛堂，打開燈泡。溫暖而懷舊的燈光，照亮了陌生的父親和年輕軍人的遺照。

「所以咧，發生什麼事啦？」

「也沒有怎樣——」

松永徹望著夕陽餘暉下的庭院，談起了那個造訪慈恩院的女子。秋山這個人話很多，卻也很擅長聆聽。

「原來如此，與其收掉東京的祖墳，不如遷到鄉下的寺廟，請寺廟代爲供養是嗎？然後那個會員的老婆就來一探究竟，你的推測八九不離十吧。」

「你也這麼想？」

「你也講過類似的話啊。之前你不是也說，要收掉松永家的祖墳？」

有這回事嗎？松永徹確實有在水療設施，對秋山談起歸鄉服務的話題，但有談到未來的身後事嗎？之後他們又碰了幾次面，印象中也沒再談起歸鄉服務的事。

「我沒這樣想啊。」

「最好是啦，聽你的口氣明明就有那個打算。拜託你別遷葬喔，不然我沒法去掃墓。」

「那也要你活得比我久啊。」

今晚東京的雨也停了吧，松永徹想像秋山在豪宅中優雅飲酒的模樣。

「松永啊，跟你說，我老婆對歸鄉服務的看法是這樣——」

秋山的老婆是金髮碧眼的美國人。

「她說，那種服務簡直難以置信，在美國更不可能推廣。我也是這麼想的，要客人花五千美元買一個謊言，這等於是拜託人家來提告，服務內容再充實也沒用。我老婆還很擔心，不曉得你要不要緊。怎麼可能不要緊呢，是吧？到我們這個年紀，沒有什麼事是不要緊的。聽好囉，松永。你可能被盯上了，自己的財產看緊一點。」

松永徹聽了不大高興。朋友的關心固然可喜，但沒親身體驗過，光用口頭說明確實很難取信於人。尤其再經過別人的口說出來，也難怪會被當成荒唐的詐騙。

秋山的老婆在電話的另一端輕喚老公。秋山告訴老婆，是松永打來的。他老婆的日文已經相當流利，但夫妻獨處時還是用英文溝通。

「抱歉啊，我得出門了。」

「沒關係，是我打擾你。你們就別擔心了，我沒問題的。」

「最好是你沒問題啦。」

好友笑著掛斷電話。

「小徹，酒我幫你熱好了，快來吧。」

遠處傳來母親呼喚兒子的聲音，語氣中確實有母親的眞心。松永徹應了一聲，卻沒有馬上站起來。他盤坐在佛堂，看著天色逐漸昏暗的山村。

上過漿的浴衣穿在身上很舒服，感覺身體很習慣這裡的一切。包括景色、氣味、鳥兒的聲音，還有風的喧囂。

倘佯在這種安寧的氣氛中，都會的現實反而像一場謊言或幻夢。

松永徹不後悔走上孤獨的人生，他甚至樂在其中。而且，他還得到自己並不嚮往的地位和名聲。可是，跟鄉村的安寧比起來，都會的生活實在遜色不少。明明那邊才是現實，卻極度缺乏眞實感。

跟秋山光夫的對話，給他這種困惑的心境。

秋山光夫住在高樓的最上層，太陽下山後，底下的世界點亮了人造光源，他跟金髮嬌妻還會盛裝打扮一起出去用餐。這樣的生活，有一種很不真實的現實感。

「我也煮不出什麼好料招待，不嫌棄就請用吧。」

地爐邊擺好了精美的料理，松永徹捨不得拿起筷子享用。

炭火本身就有驅蚊的效果吧，風雅的古厝不適合擺放紗窗紗門之類的東西。

「小徹，回來了就好好放鬆一下，緩一緩筋骨吧。」

「媽，看到妳身子還這麼硬朗，我也很高興。」

母子倆舉杯共飲，松永徹回頭望向後方，東邊的天空出現一輪殘缺的明月。

「不能用手電筒喔。」

母親晃著提燈叮囑松永徹。

「以前小孩子都拿著手電筒找螢火蟲，結果螢火蟲都不來了。小徹啊，你們以前小屁孩也幹過這種事吧？」

聽到母親這樣問，松永徹還真不知道該怎麼回答。他小時候的確會拿手電筒亂玩，還被父母責罵。

不過，他的孩提時代和螢火蟲無緣。那時的東京，水質和空氣都比現在髒多了。

「螢火蟲不會討厭提燈的光芒嗎？」

「不會，牠們還會靠過來呢。」

慈恩院的山門已經關上了，街邊有幾戶民房的燈也亮了。天空就像浮世繪的用色一樣，黑暗中夾雜著幾許深藍。

晚上路燈沒有點亮，不曉得是擔心光害趕走螢火蟲，還是信用卡公司貼心安排，好讓來客欣賞螢火蟲。總之，有月光和提燈照明，走夜路也就夠了。

松永徹沒有完全喝醉，還留下一點清醒的腦袋想事情。

如果他們是眞正的母子，他得在退休後回歸故里，或是把母親接來東京的公寓照顧。可話說回來，這種事情說起來容易做起來難。不，根本是不可能的事情。

在過去那個年代，家家戶戶都有很多小孩，農業經濟也發展得很順利，人的壽命也沒有現在那麼長，那時候根本不會有這種煩惱。可是，看著月光下靜悄悄的廢棄屋宇，還有路旁稀疏的民宅燈火，那些家庭都排除萬難解決了這道難題。

對這裡的人來說，凋零的現實就跟他們父祖輩遇過的飢荒和疫病一樣。更糟糕的是，這是一場永遠不會好轉的飢荒和疫病。

「媽，妳不寂寞嗎？」

走著走著，松永徹說出了村民無處訴淒涼的悲哀。

母親在提燈的光芒中，笑咪咪地說：

「沒事，不寂寞。留下來的人，大家會彼此照顧。」

母親也在思考該說些什麼。想好了以後，母親喃喃地說道：

「你們應該更寂寞吧？」

這番話聽起來不像母親自己的口氣，而是爲人母的語氣。換句話說，母親是抱著以誠待人的信念接待來客。這些不似演技的言行舉止，還有那待起來很舒適的古厝，全都是建立在母親的信念上。

最後一班空蕩蕩的公車開走了，接下來也看不到往返的車輛。只剩下深沉的黑夜和大量的昆蟲。

「你看這裡，小徹。」

母親站在相川橋上，晃著手中的提燈。

「你看，有好多螢火蟲。沒有小孩子追捕，這裡簡直就是螢火蟲的天堂。」

松永徹忍不住把身子探出欄杆，他不是沒看過螢火蟲，但他從沒想過螢火蟲會大批聚在一起飛舞。溪流的水面乃至樹梢之間，充滿了無數的青螢光華。

「來唷來唷，螢火蟲，快來唷。」

母親像在唱歌一樣呼喚那些螢火蟲，螢火蟲真的朝提燈的光芒飛來了。

「你看吧。」母親得意地笑了。螢火蟲撒嬌般停在母親的頭髮和衣服上。

「這片水域的深處，據說有戶富貴人家的大宅院呢。」

母親望著青螢飛舞的夜空，說起了陳年往事。

很久以前……其實也沒那麼久，這是我爺爺小時候的故事，差不多是明治時代。在一個梅雨季的月夜，村裡的孩子拿著提燈出來抓螢火蟲。那個年代還沒有手電筒，孩子跟螢火蟲都開心地玩在一塊。來唷來唷，螢火蟲，快來唷。

玩了好一會，有人提議差不多該回家了，不然太晚會被天狗抓走。可是，在更上游的地方，對，就是那裡，有螢火蟲聚集的那塊大石頭。有個小孩只顧著玩耍，沒聽到大家要回去了。

那孩子是村裡最調皮的，他不想走誰也勉強不來，其他小孩只好丟下他。

他的名字叫庄助，生在佃農之家。父母曾拜託庄屋（村長）幫忙取個好名字，村長卻說不能獨厚他們家，父母一氣之下，就故意取名庄助來諷刺村長。

其他孩子都回家了，只有庄助一個人還在跟螢火蟲玩。庄助喊著，來唷來唷，螢火蟲，快來唷。

庄助是個不知天高地厚的小鬼頭。不過，小孩子還是怕被天狗抓走，便乖乖離開河面準備回家。說巧不巧，大批螢火蟲也要回巢休息了。

庄助跟著螢火蟲走，心想上游或許有螢火蟲休息的洞窟。

他靠著提燈和穿透樹叢的月光，走過山裡的製炭小屋，踏入野獸走的羊腸小徑。大批螢火蟲一直往裡飛，彷彿在引誘他深入一樣。

走了好久好久，眼前竟然出現一條平整的山道，絲毫不像深山裡該有的道路。螢火蟲飛進那條山道，穿越了一間豪華宅院的大門。

天上月明星稀，四周萬籟俱寂。宅院的黑色大門敞開，都入夜了也沒關上。

庄助走累了，提燈的火光也消失，心裡開始發毛。庄助心想，也許這是隔壁村長住的地方，應該願意幫助一個小孩子吧。於是，庄助對著門內大喊：

「請問有人在嗎？」

無人回應，庄助又喊了一聲，這次直接走進門內。

村長住的地方根本比不上這間宅邸。月下庭院有好多圓潤飽滿的雞隻，馬廄裡也有好幾匹不同品種的駿馬。

奇怪的是，屋內看不到一個人影。庄助已經餓得受不了，他一邊問有沒有人在家，一邊走進房舍之中。

「請問有人在家嗎？」庄助在簷廊行走，簷廊邊的拉門都是開著的。他走到一間很寬敞的和室，地上還鋪著深紅絨毯。室內的上座擺著耀眼的金色屏風，還點了多根粗大的蠟燭，像在舉辦什麼宴會一樣。

庄助還是沒看到任何人。

夏天的深山隱隱透著一股寒氣，青銅製的爐中燒著炭火，壺裡的水也煮沸了。也不曉得這裡在辦什麼宴會，只見餐桌擺了許多豪華的餐具，上面有鯛魚、生魚片、麻糬湯、紅豆飯，全都是庄助從沒看過的精緻料理。

看到這麼多好吃的飯菜，小鬼頭也不再客氣，直接大快朵頤起來。

「多謝款待啊。」

吃飽了以後，庄助開始心虛。他跑到別人家的房子裡，還偷吃人家的飯菜。況且，他只是隔壁村的佃農之子，屋主要是知道，肯定會把他扭送警局，關進大牢。

庄助越想越心驚，連草鞋都沒穿就跑走了。也不曉得跑了多久，等他回過神來已經在相川橋邊。

隔天庄助說出自己的經歷，村民倒也沒有笑話他。自古以來，這塊土地就流傳著「迷途之家」的故事。據說，有幸到深山中的貴人家一遊，日後也會成爲貴人。

不過，庄助只是窮人家小孩，又喜歡調皮搗蛋，大家都不相信他會成爲貴人。村民都說，給那小鬼頭碰上這等奇遇，眞是太沒天理了，於是大夥結件上山尋找那間宅邸。可惜，庄助不記得路，螢火蟲也不願再帶他前往。

眞是怪可惜的是吧。

故事說完啦。

好啦，我們也該回去了。

唉唷？你要背我啊？這怎麼好意思呢。不然，就麻煩你一下吧？

對了，小徹。剛才我說的故事可不是編出來的。其實啊，那個故事還有很有趣的下文喔。

後來明治時代結束，到了大正時代，村長決定去一趟東京，慶賀新的天皇即位。

一行人先遙拜皇居，再去內閣總理大臣原敬的府上造訪。可是，原敬閣下在接待另一位客人，遲遲抽不開身。好不容易輪到他們拜見時，發現閣下竟然親自送那位客人離開。在待客室的村長看到這一幕，不禁大吃一驚，趕緊跑出去迎接閣下。

原敬閣下在門口送完客人，村長等人遞出自己的名片。閣下端詳了一會，直說原來他們也是相川村的人，那麼或許他們也對方才那位貴客有印象。

剛才的貴客名叫高木庄助，村長等人一聽都嚇傻了。那調皮搗蛋的小鬼頭庄助，後來離開村子去有錢人家打雜，也不知道碰上了什麼機遇，竟然成爲大老闆，連原敬閣下都敬他三分。

沒錯，眞的是這樣，有幸到深山中的貴人家一遊，日後也會成爲貴人。

好啦，這故事算是眞的結束了。

小徹啊，你小時候是不是也有跟著螢火蟲，跑到貴人家裡啊？

來唷來唷，螢火蟲，快來唷。

10 無爲徒食

室田精一閒來無事。

去年六月退休後，雖然發生了一些出人意表的事情，卻也享受到自由的生活。可是，一年時間過去，想做的事也都做完了，過去嚮往的閒暇生活，反而變成百無聊賴的時光。

他已經好一陣子沒有妻子的消息。妻子的電話應該還打得通，但也沒有什麼不得不聯絡的要事。沒有要事還刻意聯絡，未免顯得藕斷絲連不夠乾脆。他不曉得妻子現在過著怎樣的生活，所以也不太敢聯絡。

兩個女兒也像串通好了一樣，都不回來探望。當然，長女和次女都忙著顧小孩，室田精一也體諒這一點，但她們就不關心獨居的父親？不關心老家的狀況嗎？兩個女兒也沒幫著母親出氣，應該說，夫妻間也沒發生嚴重的爭執，逼得女兒必須選邊站。她們大概是遺傳到母親冷淡的個性吧。

「唉。」

室田精一嘆了口氣，從沙發上站起來。現在他幾乎整天都黏在這張沙發上。

客廳亂七八糟的，已經離婚的老婆和兩個冷淡的女兒不會回來，但算一算時間妹妹差不多快來了。他也不想看到妹妹邊掃地邊哭的模樣，好歹得整理得像樣一點才行。

打開窗戶，迎面而來的是熱死人不償命的高溫，以及蟬的叫聲。

庭院都荒廢了。這座庭院雖小，妻子一向很用心打理。室田精一原以爲，就算妻子跟他離婚分居，也不會放著庭院不管。至少每個禮拜會回來一、兩次，幫忙澆個花或除除草之類的。

沒想到，妻子連庭院都拋棄了。絲毫不顧念婆婆留下的這座庭院，也沒交代女兒幫忙打理。

這樣看起來，髒亂的室內和荒廢的庭院似乎再也沒有分界。室田精一甚至覺得，自己也是這片髒亂的一部分。

「幹活吧。」

室田精一放下妄念，打起精神開始整理客廳。

過去他有很長一段時間到外地任職，洗衣煮飯難不倒他。可是打掃就不一樣了，清掃一棟屋子和清掃一間小套房，完全是兩回事。

當初父母興建這棟房子的時候，就是按照一家四口的需求來蓋的。因此，前後兩代的家庭構成相同，到了室田精一這一代，住起來還是很方便。然而，女兒出嫁以後，這棟房子就太大了，尤其現在自己一個人住，根本用不到這麼大的空間，打掃也十分辛苦。

室田精一本想賣掉房子，換間小一點的公寓，卻又擔心妻子哪天回心轉意。他也知道這是自己的一廂情願，但賣掉女兒的娘家，實在頗有罪惡感。

除了客廳和二樓的寢室，剩下的房間都沒在使用了。難得打掃一次，那些房間又不能放著不管。

麻煩歸麻煩，好在室田精一有的是時間。就當是打發時間，打掃起來就沒那麼沉重。連客廳的落地窗都擦得一乾二淨，遺憾的是外面只看得到荒廢的庭院。掃完浴室以後，今天也懶得去兩天去一次的健康育樂中心了。

「有心就辦得到嘛。」

花了半天時間打掃家裡，室田精一喃喃自語。

是啊，有心就辦得到嘛。

這句話是他以前在職場上的口頭禪。底下的女員工告訴他，講這種話是職權騷擾，當時他的震撼難以言喻。所謂的職權騷擾，與上司有沒有惡意無關，只要部下覺得受到冒犯，那就是職權騷擾。後來，他去請教幾個關係比較好的部屬，那些人表示，每次他叫下面的人改善缺失時經常會加上那句話。也許當上司的只是在稱讚部下，但部屬聽起來可能會以爲被瞧不起，頗有自以爲是的味道。

曾幾何時，這種問題也被拿來大做文章了。各種職權騷擾委員會和法令委員會，說是工會主導的也不爲過。後來，在人事單位也占有一席之地，還訂立明確的組織規章，再也無法等閒視之。換句話說，室田精一這個世代的主管，首當其衝成爲被放大檢視的對象。

有心就辦得到嘛。

室田精一自問，他是不是也對妻女說過同樣的話？而自己現在的下場，是不是這些言行舉止造成的？

他不再多想，先泡了一杯咖啡，抽根菸休息一下，享受忙完大工程的滿足感。現在他很常用濾泡掛耳包，這種東西可以輕易沖泡一人份的咖啡。退休後他本來打算戒菸，不料抽的菸反而比以前更多。

接下來，室田精一打開電腦確認電子郵件。其實用手機確認就夠了，但把餐桌當成辦公桌來用，是他上班多年養成的習慣。

信箱沒有新的郵件。剛退休的那段時間，還有以前的客戶和同事，會寫信來詢問一些交接事項。漸漸地，這些郵件也越來越少。

仔細想想，電腦這東西對他這個世代的人來說，本身就是一種考驗和試煉。在室田精一的觀念裡，電腦是會計單位在用的東西，結果才一眨眼的工夫，連業務單位的員工也必須學會使用電腦。不是會與不會的問題，而是一定要會。他費了好大工夫才學會使用電腦，無奈腦袋並沒有與時俱進，還是有一大堆功能不會使用。

也因爲電腦吃了很多苦頭，現在他對電腦還是有很大的偏見。浪費時間又毫無生產性的科技怪獸，扭曲了人際關係，害人性不斷墮落。可是，如今他有了新的體悟，沒有電腦這玩意兒，閒暇時間還眞不知道幹什麼好。沒有了工作，每天他還是會花兩、三個小時，在餐桌上的另一個世界神遊。

肚子餓了。

午休時間早已過了，但也無關緊要。反正退休了，也不用保持生活的規律。妻子離家以後，他也沒有準時吃三餐，一切看肚子餓不餓來決定。這也確實是一種簡單易懂的「自由」。

準備飯菜倒也不麻煩，退休前被下放到外地也算因禍得福吧。換句話說，他的飲食生活只是變回一年多前的狀態罷了。

室田精一喜歡吃泡麵，但吃多了感覺這樣的生活很可悲，所以盡量不吃。罐頭也是一樣的道理，單身男子吃這些東西果腹，已經太落伍。

問題是，他也沒興趣下廚。誰叫他雙手不靈巧，連菜刀都不太會用。

因此，調理包是最好的選擇。只要加熱一下，就能裝盤享用。

室田精一打開冰箱，現在這台冰箱對他來說也太大。冰箱淪爲調理包的收藏庫，而調理包根本不需要冷藏。

今天該吃什麼好呢？

義大利麵好嗎？麵類調理包當然也是一種速食，但這東西好吃到簡直不像速食。跟外面那些軟爛的麵條相比，他反而更喜歡這種速食麵條的口感。再者，只需一道簡單的「加熱」手續，調理包成爲更加誘人的邪惡產物。

「羅馬假期」是食品界的高級品牌，價格不便宜，味道卻好得無話可說。外包裝上美味可口的照片，可不是誇大宣傳。

在常溫下保存期限長達一年，放在冰箱裡應該三年也不會壞吧。所以，室田精一抓準超市的特賣時間，把全部十六種調理包都買齊了。

今天吃香蒜蛤蜊義大利麵好了。包裝上還印著刺激食欲的廣告標語，鮮美蛤蜊配上頂級初榨橄欖油，更添芬芳甘美。

烹飪方法真的很簡單，用微波爐加熱一分鐘就行，泡熱水也只要三分鐘就好。加熱好直接打開，把麵條攪拌均勻就能吃了。最貼心的是，裡面還附有蒜片和香芹，讓消費者額外添加。

不過，室田精一不太會用微波爐，都是直接泡熱水加熱。而且他還知道一個偷吃步的好方法，就是丟到電熱水瓶裡加熱。

販賣一系列「羅馬假期」調理包的企業，是食品界的龍頭大廠。室田精一查過那家企業的財務報表，每年銷售額將近一兆元，這個數字可把他嚇壞了。國內有這種銷售額的醫藥廠也才三、四家。

超市特賣的時候，所有品項只賣一百九十八元。調理時間不超過三分鐘，室田精一很難想像，到底是什麼樣的企業，一年可以賣出一兆元的商品。

「開動。」

室田精一在電腦旁邊享用遲來的午餐。話說回來，「羅馬假期」從來不會讓他失望，十六種他都吃過，美味難分軒輊。

在享用美食的當下，室田精一也沒有忘記自制。飯吃得太快，血糖會飆升。同時，他也想起妻子說過的話。

我費心煮一個小時的飯菜，你都只花五分鐘就吃完。

室田精一白天從不喝酒，他怕白天喝酒會失去自制力。萬一不小心喝得爛醉，妻子或女兒剛好回家，可就永遠沒有破鏡重圓的機會了。

無論那一天何時到來，他都要保持不卑不亢的態度，寬容迎接妻子回家。想是這樣想，室田精一也知道這不可能發生。在這種心情低落的時候，「羅馬假期」吃起來還是一樣美味，眞是太不可思議了。

玄關的門鈴沒響，反倒是一句日文古語來敲他腦袋的大門。

無爲徒食。

一想到這句古語，室田精一開始後悔，早知道就不該做不習慣的打掃工作。家裡髒亂一點，反而對精神安定有幫助。現在可好，自己一個人待在空蕩蕩的房子，吃個飯搞得好像在進行莊嚴的儀式。怪不得福至心靈，腦袋突然冒出這句話。

無爲徒食。

這句話的意思他知道，就是整天混吃等死，啥也不幹。

室田精一放下叉子，打開電子字典。

無爲，無所事事的意思。完全說中了他現在的狀況，看到這麼直截了當的答案，讓他有種坐立難安的感覺。

徒食，整天吃喝玩樂，不務正業。坐吃山空，立吃地陷，同樣說中了他的現況。不過，這兩個同義語也太不婉轉了。

無爲和徒食這兩個字眼加在一起，還眞有棒打落水狗的味道。

室田精一這才想起，他已經三天沒離開家，因爲連續幾天氣溫都非常炎熱。每天都有不少人被熱死，大多都是獨居老人，害他也跟著擔心起來。反正沒有其他要事，乖乖待在家裡還比較安全。他是爲了健康蘼居在家，絕不是混吃等死。

回頭看一眼庭院，太陽似乎沒那麼毒辣了。

「好。」

事隔三日，室田精一終於決定出門一趟。

「是喔，你熟年離婚喔？眞可憐。」

「她跟我離婚，我日子反而清靜。與其整天相看兩厭，離婚還自在一點。自由的生活可寶貴了。」

川崎繁嗤之以鼻，蓄著鬍子的嘴巴還歪了一邊：

「不要逞強啦。」

室田精一也不了解，爲什麼要找這傢伙出來聚。而且他還大白天喝酒，藉著酒力說出自己可悲的遭遇。

裝潢古樸的蕎麥麵店冷氣開得很涼，小包廂裡還有老人在悠閒飲酒，看上去很像退休後賦閒在家的閑人。當然了，室田精一他們的年紀也跟老人差不了多少。

「我沒逞強，這時代單身男子過日子可方便了。」

「少來了，明明就很想念你老婆。」

室田精一的老婆很討厭川崎，她說川崎講話令人火大，眼神還色瞇瞇的。

「所以咧，你老婆跟男人跑了喔？」

川崎說這句話時，還豎起大拇指（譯註：日本過去小拇指代表女子，大拇指代表男子）。沒錯，就是這種講話方式和眼神令人火大。

「大概吧。」室田精一不爽回答，隨口應了一句。

「也是啦，你老婆確實是不錯的女人，年輕的時候倒是不怎麼樣。一定是被年紀比較小的男人拐跑吼。」

一言以蔽之，川崎這人完全不懂人情世故。造成這種人格缺陷的原因也很簡單，就室田精一所知，這窩囊廢從來沒上過班，連打工的經驗也沒有。那麼，川崎是怎麼過活的呢？按照他本人的說法，他有房租和股利不愁吃穿。可是，他從不說房租和股利打哪來的，因此室田精一推測，他一定是靠老婆養，他老婆有一級建築師的執照。

他們是中學和高中的同學，除此之外也沒其他交集。奇怪的是，這一丁點的緣分始終斷不開。近來室田精一終於想通，這就是損友之間的緣分吧。

「也罷，不提你老婆了。反正世道這麼亂，離婚也不稀奇是吧。對了，倒是那個什麼歸鄉服務，花錢買故鄉還附送一個老媽子，挺有趣的呢。」

室田精一很懷念對話的感覺，而且這窩囊廢還是個好聽眾。酒過三巡後，話匣子一打開就停不下來。

「室田吶，你說那是聯合信用卡提供的服務，那安全性應該有保障。照這樣看來，你那段經歷眞的挺奇妙，再說給我聽聽。」

這窩囊廢穿著一身便裝，腳上還套著拖鞋。一頭斑白的長髮綁成一束，儼然就是軟爛男的最佳寫照。

不過，川崎的軟爛並不是那種惡劣的軟爛。從沒聽說他在外面玩女人，對賭博也不大感興趣，喝酒也是淺嘗即止，香菸更是戒了好多年。

軟爛歸軟爛，還是有他討喜的地方。

這是室田精一的妻子對川崎做出的評價。不是對女人討喜，而是對其他人討喜。這話好像有點道理，室田精一也不喜歡川崎，卻始終沒有斷絕往來，或許就是這個緣故吧。跟這種打從心底輕蔑的對象待在一起，反而輕鬆自在。畢竟雙方天差地遠，沒什麼好比較的，不需要打腫臉充胖子，又能隨意吐苦水。換句話說，川崎這人還真有討喜之處。

沒跟川崎繁斷絕往來還有另一個原因。這座城鎮位於東京郊外，很多童年玩伴繼承了父母的房子，年老後也住在這塊地方。只不過，大家年紀都是六十一、二歲，要說老也不是眞的很老，但沒有人閒到可以一大早陪室田精一喝酒。正確來說，那些童年玩伴不想過太悠閒的生活，所以退休後又找了其他工作，有的人則是參加義工活動，或是專注在生涯學習上。唯獨川崎繁，室田精一每次找人喝酒，他一定有求必應，就算心血來潮邀約也一樣奉陪到底。

「哼嗯，這就是聯合信用卡公司的黑卡喔。」

室田精一沒打算炫耀，只是對方想看，他也沒理由藏。

川崎從上衣口袋拿出老花眼鏡，左右瞧了老半天：

「只有顏色不一樣嘛。」

「廢話，尺寸不一樣怎麼用啊？」

「手持黑卡，感覺就是必須謹愼對待的大人物。就好像在告訴旁人，這傢伙很難打發，要好好伺候一樣。」

「確實需要謹慎對待啊。有時候去店裡掏出這張卡，店員的態度馬上就變了。」
「這玩意在麵店行不通吧，難不成還可以多給你一尾炸蝦喔？」
正好，天婦羅炸好了。室田精一不太喜歡這家店的蕎麥麵，但散發著胡麻油香氣的天婦羅非常好吃。
「室田啊，當上黑卡會員有啥好處？」
「點數永垂不朽啊。」
「是喔，也不怎麼樣嘛，巨人軍團也是永垂不朽啊。」
川崎講了老人家才聽得懂的玩笑話。
「平常訂不到的餐廳，黑卡會員隨時都訂得到。」
「這你也用不到了啊。你現在不用招待客戶，老婆又跟人跑了。」
「還可以聽歌劇，看古典藝術表演。」
「你有這些嗜好？」
「客戶喜歡啊。」
「室田啊，跟你說，你已經沒有客戶了啦。這東西的會費可不是鬧著玩的。」
「要三十五萬元。」
可能是他們聊得太大聲，在包廂喝酒的老人回頭看了他們一眼，沒準是把他們聊天的話題當成消遣。

「是預繳保證金嗎？」

「不是，每年都有會員費用。」

「每年？」

「對啊，每年都要繳，年底會自動扣款。」

川崎繁靜靜地放下筷子：

「我說室田啊，現在我終於知道，爲什麼你老婆跟其他男人跑了。」

「她沒別的男人。」

「有沒有男人不是重點，我講的不是這個。未來要靠年金過日子的人，每年卻花三十五萬元保留一張用不到的黑卡，太奇怪了吧？」

「再重申一次，她不是跟男人跑，不要散播不實謠言喔。」

獨自喝酒的老人又轉過頭來，室田精一叫川崎湊近一點，壓低音量交談：

「你聽我說，我以前還在上班的時候，這張卡眞的非常好用。我也知道退休以後應該退掉這張卡。只是，我希望退掉之前，享受一下這些福利。」

「既然這樣——」

「等一下，你先聽我說完嘛。我也有想過，要帶老婆一起去旅行，或是請她吃頓豐盛的大餐之類。可是，我一退休她就攤牌了，所以跟這張卡一點關係也沒有。」

「講來講去，還是跟男人跑就對了？」

「就跟你說不是了。還有，你講話太大聲了啦。反正，我老婆怎麼樣無關緊要。我的意思是，就在我退休生活亂成一團的時候，剛好就收到歸鄉服務的簡介。」

二人稍事休息，又多乾了幾杯。室田精一好久沒喝溫熱的酒了。

「天婦羅請趁熱享用。」

老闆娘說話了。看樣子老闆娘也在偷聽他們沒營養的對話，早知道就不該挑附近的店家喝酒，現在才後悔也太遲了。

「原來是這樣。就剛好在那節骨眼上，信用卡公司給你一個故鄉和老媽子，這也太巧了吧。」

「很巧對吧？只是價格不便宜，我也猶豫了一段時間。」

「多少啊？」

室田精一默默張開手掌。

「不貴啊。」

川崎繁以爲住一晚只要五萬元，那當然不貴。

「你少算一個零。」

川崎繫蓄著鬍子的下巴，差點沒掉下來：

「眞的假的？」

「就說我猶豫過啊。」

眼前的窩囊廢一口喝光酒水，難得露出嚴肅的表情：

「我說室田啊，你的心情我也不是不了解，拜託你別再去第二次了，就當一輩子享受一次奢侈的校外教學就好。人吶，要掂掂自己的斤兩。」

想不到川崎這傢伙也會說教。就是因爲他不會認眞聽，室田精一才找他吐苦水。

這時候，相川村的冬季景緻在室田精一腦海中回放。現在鄉下應該很熱，但那裡的夏天肯定舒適多了。他想像母親坐在簷廊邊看夕陽，手持扇子納涼。

「你還想聽下去嗎？」

「不用了，我沒心情聽下去了。這對我來說跟鬼故事一樣可怕。」

後來，二人吃著蕎麥麵，聊起校外教學的回憶。

將近半世紀的往事也忘得差不多。室田精一只記得，他們是搭夜晚的軟臥前往九州，至於回程搭的是什麼，他已經想不起來了。

都黃昏時分了，暑氣依舊不散。

這個時間有不少人外出採買，還有下班的通勤族，車站周邊被擠得水洩不通。過去，這個位於首都郊外的城鎮，還是空曠宜人的地區。如今木造的車站變成了水泥大樓，鐵路也變成高架線路。重新開發的車站周邊，早已失去往日的光景。武藏野的雜木林和農田也不見了，水泥森林遮蔽天空。

室田精一只覺得生活更便利，從沒在意過自己的故鄉經歷了多大的改變。換句話說，等到不用上班通勤，他才開始懷念那些失去的風景。

吃完麵走出店門口，損友就跟他道別了。聽說他的小兒子今天會帶孫子回來，所以要趕緊回家準備豐盛的晚餐。

川崎繁是有惹人厭的地方，但不會說謊吹牛。一個終身吃軟飯的男人，竟然比辛苦工作一輩子的男人更幸福，這個事實讓室田精一滿肚子委屈。

不過，室田精一說服自己，現在享受到的自由是難能可貴的。整天討好老婆，還得招待兒子的妻小，或許這也是一種幸福，但終究不自由吧？

室田精一拿出手機，本想聽聽孫子的聲音，可是想一想又作罷。他不願意承認自己過得很寂寞。

路人一個一個都走得比他快，他的體力沒有退化到步履維艱，純粹是沒有急著要去的地方。

要幾點回家都無所謂。不，就算不回家也沒關係，更不用陪客戶或同事吃飯應酬。室田精一還是很難相信，這些都是千眞萬確的變化。

他到沒禁菸的咖啡廳過過菸癮。窗邊的位子是空的，可以看到車站前的圓環。一點起香菸，他開始懷疑自己誤會川崎繁這個人。說不定，他不該用上班族的道德觀和價值觀，來衡量對方的人生。

川崎繁也住在同一個市區，但用走的去拜訪並不方便。川崎繁常跑到室田家喝酒，室田精一卻從沒去過川崎家拜訪。這也難怪，一個靠老婆養的男人，怎麼好意思在家喝酒呢。

室田精一只有在孩子的運動會上，跟川崎繁的建築師老婆打過照面。除此之外，室田上下班的路上都沒見過對方，也不知道她是單獨接案，還是在哪個地方開事務所。

「啊，原來喔。」

室田精一自言自語，在隔壁用電腦的女大學生，一臉詫異地看著他。

搞不好川崎繁不是吃軟飯，而是專心當全職的家庭主夫。妻子賺得比較多，工作又特別忙，丈夫身無一技之長，又不懂人情世故，家庭主夫倒也算合理的選擇。

這在現代社會並不是多罕見的事情，但在男主外女主內的年代，這種分工合作的方式也很難到處說嘴，川崎繁才會甘願承擔「窩囊廢」的罵名吧。

因此，川崎繁從不提及自己的私生活。講話雖然不得體，但擅長當個好聽眾；表面上不懂人情世故，卻又意外體貼的矛盾特質，也有可能是「家庭主夫」的性格使然。難怪跟他相處起來特別自在。

「原來如此啊。」

室田精一再次自言自語，隔壁的女大學生竟然換位子了，眞是令人火大。

我不是什麼變態喔，妳要是運氣好一點碰上我的遭遇，妳也會開始自言自語的。室田精一對著女大學生的背影抱怨。

川崎繁說，今天小兒子要帶孫子回來，所以他要準備豐盛的晚餐。

這位損友不談私事，談起自己的小孩卻很自豪。自己辛苦拉拔長大的孩子，當然是疼愛有加。室田精一記得，川崎繁的大兒子在海外高就，小兒子跟母親一樣都是一級建築師，眞是太完美了。哪像自己的笨女兒，念的是三流學校不說，還嫁給別無所長的廢物。

總之，小兒子攜家帶眷回來看老父老母，勤奮顧家的「家庭主夫」準備大顯身手，弄一頓豐盛大餐招待全家。

走在圓環的行人突然加快步伐，原來天上下起了陣雨。

無爲徒食。

窗外的閃電又勾起了這個火大的字眼。室田精一心想，無所事事、混吃等死的人，其實是他自己才對。

假設女兒好意帶孩子回家，讓父親含飴弄孫好了，家中也沒什麼能招待的，冰箱裡只有大量的調理包。就算他有心款待女兒和孫子，也不會用菜刀，連蔬菜的名字都說不出來。

驟雨過後，夜晚總算涼快了。

室田精一不想回家，反正回家也是喝啤酒殺時間。他只是覺得，回家之前好像還有應該做的事情。沒錯，只是好像而已。

被下放到關西物流中心以後，他一直在思考退休後的生活。想做的事情很多，但每一項都是建立在家庭和諧的前提上。

好比去海外旅行，四處造訪溫泉勝地，學習做蕎麥麵，教女婿做人處事的大道理，還有參與孫子的教育等等。

無奈這些事情還來不及做，就全部付諸東流了，了不起只做過一、兩次蕎麥麵。未來好茫然，偏偏過去的夢想又無法忘懷，就變成一種惡質的牽掛。因此，他總覺得自己有什麼事要去做。室田精一催眠自己過得很「自由」，其實這就是他自由的眞面目。

去看場電影好了。

站前大樓內有大型影城，影城有六座影視廳。現在想看電影在家看就好了，所以他明知有大型影城，也從沒去消費過。

他四十多歲被外派紐約的時候，頭一次見識到眞正的影城。一個區域裡有好幾座影視廳，買票就能隨意挑選自己想看的電影。影城採用這樣的機制，主要是對抗電視和網路的衝擊，但也確實是了不起的構想。

之後日本也引進這套模式，室田精一卻沒去影城看過電影。簡而言之，影城這玩意並不適合有家庭的上班族。

電梯門一打開，冷涼乾燥的空氣迎面吹來。這幾年電影院的型態有很大的改變，但那股味道和氣息還是跟以前一樣。

車站周邊再開發以前，這一帶有專門播放新片的電影院。可能是電影公司的直營戲院，換了方式經營吧。現在電影院搬到高樓大廈裡，看不到古色古香的磚瓦，也沒有手工繪製的看板，以及擺放劇照的展示窗。然而，懷念的味道依舊沒變。

好在，銀髮族的票價只要一千兩百元。過去辛辛苦苦繳了一大堆稅金，年紀大了有這麼一點福利也應該。花這點小錢打發時間很剛好。

可是，他在買票的時候猶豫了。即將上映的是給他錢也不想看的動畫片，至於「想看」或是「勉強願意看」的電影，都已經開始了。

明明時間多到有剩，就是等不了這三十分鐘。可能是平常在家習慣把電影錄好，想看隨時都能看，所以這三十分鐘讓他很不耐煩。

而且，他以爲自己找到新的樂趣，期望越大失望也就越大。

最後，室田精一頭也不回地走向電梯。還是買些下酒菜回家，看預先錄好的電影吧。

高架橋下的路上開了不少小酒館，並沒有受到再開發的浪潮洗禮。只不過，室田精一反而沒有常去的酒館。乾脆先四處閒晃，心情好就去哪裡喝兩杯，不然就買點烤雞肉串回家。

從工廠和研究所下班的人，從站前移動到飲酒尋歡的地方。大部分都是年輕人，總有一天他們會結婚生子，沒時間跟朋友喝酒玩樂。未來升遷或調職，下班也很難找到談得來的同事一起喝酒。所以喝酒的樂趣，也只能趁年輕享受。

大樓後方有一個狹窄的貨物出入口，正好有貨車在卸貨。員工出入口也設在同一區，人員進出頻繁。

保全人員揮舞著指揮棒，剛好跟室田精一對上眼。如果其中一人先認出對方，還能趕快裝不認識，但好死不死他們太晚認出彼此，對看這麼久跑不掉了。

室田精一不得已停下腳步：

「唷，你是青柳對吧？」

他們不是特別熟稔，室田精一卻馬上想起對方的名字，年輕時的記憶他並沒有遺忘。

「哎呀，這不是室田兄嗎？」

室田精一找不到話講，指著上方說道：

「我剛才去看電影啦，這邊的電影院離我家很近。」

室田精一覺得對方老了好多，想必對方也有一樣的感想。

「聽說你調去關西物流中心啦？已經退休了嗎？」

「都被調到外地了還回鍋，想一想也划不來，去年夏天我就看開了。」

繼續待在原本的崗位，理論上可以再延長兩年雇用期限。可是，公司提出這種條件，擺明了要人滾蛋。

「物流中心主管，也算高階幹部了吧？」

「沒有啦，就是顧倉庫的涼缺罷了。」

「是喔，我還以為你一定會當到高階幹部呢。」

這話聽起來似乎有那麼一點挖苦，不曉得是不是自己心態有問題？

「那你什麼時候退的？」

「早早就退了，延長雇用期限的條件太差了。當然啦，我也沒那個本事跳槽。整天閒在家沒事幹也不好，就趁身體還靈活，隨便找份工作當運動。」

隨便找份工作當運動？少嘴硬了。肯定是泡沫經濟期的時候，買下自己根本付不起的豪華公寓，結果現在貸款還不完是吧？

「也是啦，整天在家沒事幹，只會被老婆嫌棄。」

這話一說出口，室田精一就心虛了。你自己也別嘴硬，明明就是被老婆拋棄，不曉得未來該怎麼辦才好。

「看你過得眞悠哉呢。是說，我滿意外的，本來以為室田兄肯定會當上高級幹部。再怎麼不濟，也該混到子公司的社長嘛。」

這傢伙絕對有聽到風聲，還故意講話損人。也難怪，當保全的樣子被舊識看到，只好先損人來保住顏面。

「改天一起喝兩杯吧。」

「好啊，我最近會在這裡駐點，記得來找我。那我還要忙，先失陪。」

青柳趕緊跑回卸貨區，他們未來也不可能一起喝酒，那絕對是全天下最難喝的酒。室田精一是爲了結束這場倒楣的偶遇，才說客套話。青柳也是一樣的心思。換句話說，他們剛才的對話，眞正的意思是這樣——

（以後別再碰面了。）

（是啊，我最近會在這裡駐點，拜託別來找我，最好都別再見面啦。）

以上才是他們的言外之意。

室田精一按照原定計畫，先到小酒館買幾串烤雞肉，回程走在行道樹下，吹著潮溼的暖風。

這條路，是他跟父親每天必經的通勤路徑。當春天短暫的花季到來，一大片花海會遮住都市的天空。

室田精一只記得那個人姓青柳，名字忘記了。青柳的資歷好像只比他少一、兩年。內向又不起眼的模樣，跟年輕時別無二致。

青柳新進時被分派到總公司的業務部門，好像才待了幾年。室田精一不記得青柳是何時被調走的，也不知道調去哪個單位。反正他們後來在電梯或走廊碰面，也只會點頭打個招呼而已。

青柳晚了一、兩年進公司，說不定他們的年紀一樣。可能青柳大學重考一年，或是在學期間留級之類的。不消說，這些事情跟職場生活沒有太大的關係。

可是，看似無關的小事情，經常會發展成大問題。想當上高階幹部出人頭地，一、兩年的差距有著重大影響。

一般員工的退休年限是六十歲又三百六十四天，在這段期間沒有當上高階幹部的人，必須按規定退休，或是接受二次雇用的條件，忍受兼職員工的待遇。因爲這些規則的關係，加入公司的年齡遠比個人的功勞或年資重要。

或許，青柳也承受了不公平的待遇吧。都已經分道揚鑣，室田精一才開始想這些無關緊要的事情。

聽得出青柳的言談中，夾雜著對公司的不滿與怨言。這樣的不滿也不是青柳獨有，眞正能享受到成就感的人，也就那二十多個高階幹部。只有少數的職員可以領高額的年薪，延長退休年限，同時體驗到參與經營的成就感。

想必他們退休以後，也不會被自己的老婆拋棄，更不用辛苦工作繳房貸吧？

離家越近，室田精一的腳步就越沉重。走完這條種滿行道樹的路，他回去的那個地方已經稱不上家了，只是用來睡覺的窩。

奇怪的是，室田精一不知道高階幹部的具體薪資。他當過部長很長一段時間，離高階幹部的職位只差一點點，卻不曉得上司業務監察總部長領多少錢。他只聽過薪水很高的抽象傳聞，就是沒聽過具體的數字。

那些高階幹部自然不會透露，會計負責人和已經退休的前輩也絕口不提。

單就公司的上下關係來看，下面的人打探上司的薪資是一大禁忌。因此，室田精一相信，總公司的最上層有一個天堂般的「幹部村」，那些人在天堂裡歌頌著別人無緣享受的幸福，就跟古代的羅馬帝國貴族一樣，過著富裕又充實的生活。

室田精一那個年代的人，都把終身雇用視爲理所當然。換句話說，青柳或許也有過出人頭地的夢想。

繞過郵箱，自己的窩就在不遠處。

以前子女年幼、父母尚在的時候，室田精一走到這裡都會加快腳步。

總而言之，忙碌的一天結束了。無爲徒食這個勸世警語，也在不知不覺間忘得一乾二淨，四周只有潮溼的黑暗相伴。

「我回來了。」

室田精一喃喃自語，後悔自己爲何沒有開著電燈就走出家門。

11 神明啓程的日子

從簷廊眺望故鄉的夕陽，眞是太美了。

已經收成的田地綿延到遠方的山腳下。斜陽中的雲彩從紅色轉爲青色，橫越整片浩瀚的蒼穹。

古賀夏生這才領悟，原來自己一直活在人工的色彩和造型裡。眼中所見的一切都是人爲上色，一切造型都是人爲設計的形狀。然而，她卻誤以爲那是很自然的景象，有時候還覺得挺美的。

不過，眞正的天然絕非如此。眞正的天然是如此壯闊又完美無瑕，而且和諧到難以撼動。

「媽。」

古賀夏生回過頭，呼喚在廚房準備晚餐的母親。

「怎麼啦，夏生。」

母親扯開嗓子大喊，並不是年老失聰，純粹是房子太大的緣故。

「我想出去散個步好嗎？」

古賀夏生想融入這片夕陽美景，享受一下在名畫中漫步的感覺。

可是，歸鄉服務的客人隨便亂走，可能會給村民添麻煩。

「哈，這窮鄉僻壤沒什麼好逛的啊。不然，妳要不要去小學逛一逛？那間小學很久以前就廢校了，但校舍和操場還是保持原有的風貌，挺有懷舊風情的。」

母親的主意不錯，從廢棄的校舍眺望故鄉的夕陽，一定很詩情畫意。至於懷不懷舊就不好說了。

「那我去去就回。」

「妳應該忘了怎麼去學校吧？」

「對啊，我忘了。」

母親走了幾步，用筷子指著外頭說：

「妳到慈恩院往右轉，再走一段路就看到了。」

在鄉下指路也不用講得太詳細，反正四周沒有其他的建築物或道路。

「經過八幡神社不要過門不入啊，不用眞的拜沒關係，稍微低頭行禮也好。我先幫妳燒好洗澡水。」

古賀夏生換上運動服，扭扭腰做好暖身運動，正準備要出門時，母親又說話了：

「小心別被天狗抓走啊，夏生。」

「我不是小孩子啦。」古賀夏生笑著答話，一腳踏入浪漫的畫景中。

走在波斯菊盛開的路上，沒一會就看到山腳下有八幡神社的鳥居。

夕陽餘暉透過杉木林的間隙，照亮一塊氣派的忠魂碑。從這塊碑的大小來看，村子曾經送出很多年輕人參戰。古賀夏生不諳歷史，也不願意多做想像。

古賀夏生來到鳥居前停下腳步，神社就在布滿青苔的石階上頭。她合掌膜拜完，剛好看到那塊忠魂碑。

她突然想起古厝裡的佛堂，橫梁上掛著軍服男子的遺照。大概是母親的大哥，也有可能是大伯或小叔。按照歸鄉服務的情節，那人應是父執輩的親戚。

神域的空氣冷冽清涼，太陽還沒下山就有蟲鳴聲了。

這座村子人口老化不是現在才有的問題，一想到這裡，古賀夏生有種背脊發涼的感覺。這確實只是她的猜想，但在太平時代依舊缺乏年輕人口，遠比戰爭還要來得殘酷無情。過去在這裡生活的人，應該做夢也沒想到，村子竟然會碰上戰爭、飢荒、疫病以外的災厄。

那些在遠方戰死的年輕人，想必也沒有什麼國家的概念。大部分的士兵都是掛念著故鄉的風景，才爲國捐軀的。

遺憾的是，他們奮力守護的故鄉，現在也快要破滅了。年輕人賭命守護的這一切，卻是在和平中逐漸走向破滅。

「打擾了。」

古賀夏生對忠魂碑低頭行禮，一陣清風吹過，吹得樹林瑟瑟作響。

遠方的群山已經染上秋季的色彩，木造的雙層校舍佇立在這片景色中，依然保有舊時代的風貌。

當然，這不是古賀夏生念過的學校。然而，她總覺得自己念的確實是這間學校，而不是東京的鋼筋水泥校舍。

寬敞的操場種了一圈櫻花樹，葉片也泛黃泛紅了，春天的時候一定美不勝收。花圃裡也有很多漂亮的花朵，還有醒目的純白百葉箱。校舍正面的大時鐘也標示著正確時間。

古賀夏生走在乾燥的操場上，四周沒有一點雜草，腳底也踩不到一顆碎石子。斜陽在地上拉出一道長長的影子，影子前方站著幾位老人家，正在收拾他們玩好的槌球，看樣子準備要離開了。

其中一個人招起手來，端詳著古賀夏生。那位老人家說了幾句話，其他老人紛紛點頭，對著古賀夏生低頭行禮。他們也猜出這位陌生訪客的身分。

「抱歉，打擾了。」

古賀夏生也找不到話好說。

「您自便。」

其中一位老婆婆開口答話，古賀夏生認爲自己不該多說什麼，便微笑以對。這些村民不是歸鄉服務的工作人員，也不好意思讓他們費心。

在場共有一位老爺爺和四位老婆婆，年紀應該八十左右。老人家緩步拖著影子，悠哉地離去。

站在校舍的玄關回頭望去，這裡的夕陽美景比在簷廊看到的更壯闊。好想伸出雙手，將這一片美景留在懷中。橙紅的顏色漸漸染滿青藍的天空。

老人家一離開校門，全轉過身來鞠躬致意。

古賀夏生本想揮手跟他們道別，但她發現老人家不是在對客人盡禮數。那些老人家小時候養成了良好的習慣，而且維持七十多年都沒有遺忘。也就是，他們上下學一定會在校門口立正站好，對著學校鞠躬行禮。

古賀夏生坐在玄關的石階，石階年久磨損，屁股坐起來反倒舒適。

她思考過人生的幸與不幸。把偏鄉的生活視爲一種不幸，這純粹是都市人的偏見吧？方不方便絕不是判斷幸福的基準，至少他們活在眞正的自然環境中，怎麼可能不幸。

單論醫療確實不太方便，但這裡有很健康的環境。

這裡有純淨新鮮的空氣，還有群山過濾的天然水源，以及充足的陽光合成人體所需的維他命。自產自銷的食物也不油膩，儘管醣類多了一點，但生活在鄉下運動量也夠。每戶人家都有一段距離，山村也有不少的坡道。平日還有農務要忙，忙完了就打槌球。跟生活在都市的人相比，鄉下人不容易罹患慢性病，健康壽命絕對比較長。

從營養學的角度來看，鄉下的飲食雖有蛋白質不足的疑慮，但地圖上顯示，這一帶離大海沒有很遠，公車的終點站是山頭另一邊的漁港。據說，佐佐木酒鋪每隔幾天就會進一些鮮魚來賣。

預防疾病比治療疾病更重要，這是保持健康的常識，因此這裡的生活反而理想。

縱然如此，這裡最近的綜合醫院在駒賀野，往來醫院的公車一小時又只有一班，還是太不方便了。但換個角度想，在東京的醫院候診少說也要等上一個小時，相形之下搭一個小時的公車，好像也不是多不方便的事情。

站在醫生的立場而言，兩者一樣都是等，但最關鍵的地方在於，人少一點的醫院可以花時間好好診療病人，這才是最難能可貴的地方。

古賀夏生思前想後，盡情欣賞夕陽美景慢慢變化。東京的夜晚來得飛快，爲何鄉下的白天和夜晚卻是這麼含蓄，來得慢、去得也慢呢？

古賀夏生察覺後方有人來了，看到鞋櫃邊站著一位她認識的村民。記得這個人是後家的媳婦，也就是嫁到隔壁的婦女，她很關心年邁的母親。

「哎呀，這不是夏生嗎？妳怎麼在這啊？嚇我一跳。」

「啊，擅自跑來不好意思。因爲這裡的夕陽太美了，我想出來散散步。這次，我又來叨擾一晚。」

婦人也在斟酌該說什麼才好：

「怎麼說叨擾呢，這是妳的故鄉啊。伯母這幾天一直坐不住，肯定是在盼著妳來。」

這話聽起來有點像準備好的臺詞。可能突然遇到訪客，婦人也動搖了吧。

「請不用顧慮我，我也不想添麻煩。」

婦人性格剛毅又直爽，一看就是勤懇的農家婦人。

「這裡真的很棒，我明明沒念過這間學校，卻有種懷念的感覺。請問，妳是這間學校畢業的嗎？」

「不是不是，我嫁來的時候這間學校就關門了，現在變成老人家聚會的地方。」

「原來是這樣啊。」

「我是這裡的管理員。」

婦人恢復笑容，晃著手上的一串鑰匙。

「是當義工啊，辛苦了。」

「還好啦。」

古賀夏生察覺自己失言，鄉下人不常聽到義工這個字眼。不，這座村子應該不存在這樣的概念。該做的事情，大家都是自告奮勇完成的。

「管理校舍不容易吧？我看這裡的操場和建築物都打理得很乾淨。」

「也不是我一個人打理的啊。」

鳥兒從村落飛回山裡，紅霞滿布天空，東方也開始閃耀星辰的光芒。那是東京的傍晚看不到的星辰。

氣氛有些尷尬，古賀夏生決定說出自己的心聲：

「不嫌棄的話，要不要聊一下？」

婦人爽快答應，也在石階上坐了下來。古賀夏生出神望著她美麗的側臉，婦人有一雙水靈的大眼睛，和高挑的鼻梁，那是北國女子的五官特徵。

「其實各位的款待，對我來說有點沉重。我不是想抱怨什麼，只是很過意不去。」

婦人抱住膝頭，用膝蓋遮住臉龐，小聲地說了一句抱歉。令人意外的是，她改用標準的日文對答，話中聽不到一絲鄉下口音：

「這個村落的人都很長壽，百歲人瑞就有三人，九十多歲的老人家也不罕見。很多村民都是這間小學畢業的，後來兒童人口不足，學校也決定收掉。不過，大家還是希望校舍保留下來。天吶，我怎麼跟妳說這些。」

古賀夏生順著婦人手指的方向望去。「駒賀野町立相川小學」的老舊看板旁邊，還貼了一塊標示，寫著「相川地區社福中心」。

「沒關係，我想聽。」

「這些話請妳務必保密。」

「那當然，我口風很緊的，況且有保密義務不是嗎？」

古賀夏生說了一句玩笑話，婦人臉上卻沒有笑意。光看她嚴肅的表情，不難想像她身上的擔子有多重。

「我是從仙台嫁來這裡的，丈夫是我大學的學長。他決定回家鄉務農，我就跟著他來到這裡。」

這件事肯定沒有她說的那麼容易。想必夫妻倆也經歷了很多障礙和糾葛，古賀夏生也不打算探人隱私。

「妳眞的很了不起。」

除了感佩，古賀夏生再無其他感想。不論她來這裡的原因是什麼，或者身上背負了何種使命，她確實撐起了這個人口凋零的村落。村子只剩下老年人，她是老年人的支柱，才不是什麼義工。

「我沒妳說的那麼了不起啦。」

婦人靦腆微笑，眼睛卻望著日暮西山的景象。

「對不起，欺騙別人實在太難受了。」

「千萬別這麼說，我就是來享受被騙的。」

這裡的訪客應該不少，古賀夏生自己就是回頭客，而且是心甘情願，沒有什麼被騙不被騙的問題。古賀夏生想表明心境，卻找不到適當的說詞。好在婦人似乎聽出了她的心意，連連點頭。

仔細想一想，這個婦人都能當她的女兒了。古賀夏生對自己的人生感到可恥，她享有尊榮的稱號和人見人羨的職業，但並非不可取代的人才。

「想必這間學校，以前也有很多小孩吧。」

古賀夏生從石階上站起來，看著多年來反覆上漆的木造校舍。

「說來妳可能不信，我丈夫念這間小學的時候，還有三十多名學生呢。」

那現在呢？現在有多少孩子在駒賀野念小學？該不會已經一個都不剩了吧？

教室的玻璃窗映照著朦朧的夕陽，就像旭日旗一般絢麗。

「妳丈夫也眞了不起。」

古賀夏生喃喃自語。一個鄉下人辛苦念到大學，卻選擇回家鄉務農。這需要多大的覺悟和信念啊？而且還帶著心愛的人一起回鄉，眞的太了不起了。

「我也該回頭工作了。」

婦人也站了起來。

「咦？太陽都下山了不是嗎？」

「我不是那個意思。」

美麗的婦人像小學生一樣立正站好，恢復了原來的鄉音。

「那好，我走啦夏生，妳自便。」

婦人笑著離開，古賀夏生轉頭眺望昏暗的藍天。

她這才發現自己誤會了一件事。她站在都市人的觀點，讚賞偏鄉的真善美。事實上，人口多寡不是重點，大多數人都過著不自然的生活，她自己也不例外，但這群人卻過著自然的生活。

當她想通這一點，總覺得夜空降下了神明或天使的聖喻。

「糟糕，我忘了上香。」

回到自己的故鄉，照理說應該先對佛壇上香，偏偏古賀夏生不夠細心。

「無妨啦，妳爸還有爺爺奶奶看到妳回來，就心滿意足啦。」

母親隨口安慰女兒，不用細想就能說出這麼棒的答案，未免太聰明了。

古賀夏生進入佛堂正襟危坐。老實說，她根本沒有故鄉或歸宿，英年早逝的父親跟老家早已斷絕往來，母親的生長環境也很複雜，跟埼玉那邊的老家也沒有聯絡。

因此，古賀夏生不介意對外人的佛壇上香。她點了香，報告自己已經到家。

那是個又大又舊的佛壇，而且是配合牆面的收納空間製成的。金箔脫落了不少，漆面依舊綻放著光芒。

「順便點火，讓妳爸好好看看妳吧。」

「啊，也對。」

古賀夏生笨拙地點燃火柴，用火柴點亮蠟燭。活了六十年連這點禮法都不懂，實在太可恥了。

母親在地爐邊調理火鍋，木炭發出爆響，飄出陣陣輕煙，黑夜越來越深沉。

東京的公寓有一座小小的佛壇，裡頭供奉著父親的牌位。可嘆的是，古賀夏生和生母平日沒有合掌膜拜的習慣。她們也不是故意輕忽牌位，純粹是不想面對父親不在的事實和悲傷。

現在母親已經去世七個月了，遺骨依舊放在佛壇上。

古賀夏生不願把父母的死當成悲傷的回憶，更不願相信他們已經不在的事實。所以，她會供奉一些咖啡或紅酒，卻從不上香。

或許是這個緣故，她對母親去世還是沒有太深刻的感受，彷彿生母還在安養院一樣。

從小她就認為父親並未身故，而是基於某些因素離開家庭。雖然只是妄想，但她夢想著有一天能跟父親重逢。

六歲的時候，她用這種方式拒絕承認父親死亡；六十歲的今天，她同樣無法接受母親死去的事實。

「媽──」

古賀夏生仰望橫梁，喚了母親一聲。

「怎麼啦？」

母親答話時，還悠哉攪拌著鍋子。

「這位軍人是？」

「啊啊，他叫文也，是妳爸的哥哥。」

按照歸鄉服務安排的情節，這位軍人就是古賀夏生無緣相識的伯父。由於現實生活中的親人不多，也就更有幾分親近感。

「ㄨㄣˊㄧㄝˇ？漢字是什麼？」

「文章的文，也好的也。」

文也。古賀夏生不知道文也的姓，但這名字很適合這位面貌清秀儒雅的伯父。可能是黑白照片的關係，皮膚看起來才比較白皙吧。

「妳伯父長得很帥對吧？」

母親開懷地笑了。

「媽妳認識這個人嗎？」

「當然認識啊，我也是在這個村子出生。文也他啊，是村裡最受歡迎的人。我們兩家也有談到婚配的事情，本來我應該嫁給他的。」

意思是文也沒戰死的話，母親就嫁給他了。家業改由文也繼承，「父親」可能就到東京去了。

所謂的和平，就是生命不受死亡支配的年代，人民不會死於非命的世界。想必文也的死改變了許多人的人生。

「文也是在青森的弘前入伍，搭船前往菲律賓的途中，船沉了。從小在山村長大的人，幾乎都不會游泳，根本沒機會活下來。」

燈泡微弱的光芒，似乎顯得更微弱。

「對不起，讓妳想起不好的回憶。」

「不會啦，這都很久以前的事情了。」

一個不好的猜想掠過古賀夏生的心頭。死在大海的文也，遺骨也沒法送回家鄉吧？軍隊送回來的，肯定是空的遺骨箱。

「對不起。」

古賀夏生對著軍人遺照，再次表達歉意。

「怎麼啦，夏生？妳有什麼好哭的啊？」

古賀夏生不敢說出自己難過的理由。爲了不寂寞，她一直沒讓母親入土爲安。

「火鍋好了，快來吃吧。」

古賀夏生也知道自己應該深切反省。一個沒經歷過動亂時代的人，卻用都會人的優越感來看待這「凋零的村落」。

或許，那位緣慳一面的伯父，也念過那間小學。山村的歷史被保留在村民的記憶和血脈中，就算村民用不到學校，也不會任其荒廢。反觀自己生長的大都市，凡事說棄就棄。眞正荒廢的是大都市，不是這村落。

母親用土雞和昆布熬煮湯頭，放入滑菇、蜜環菌、鵝膏菌等山珍燉煮，再加入蔥、香芹、切絲的牛蒡。

母親夾起烤好的松茸。

「來，夏生，啊～」

「啊～」

鄰家的老爺爺是採菇高手，唯獨採松茸的祕訣不肯外傳。

「他連自己的兒子也不教。他兒子千拜託萬拜託，希望趁老爸身子骨還硬朗的時候多學幾招。不過，他說那是山神給予的恩惠，不是拿來私相授受的。想吃松茸，就自己去山裡祈求山神眷顧。」

古賀夏生非常佩服那位老爺爺，老爺爺是擇善固執。保護難以人工栽培的松茸，確實需要這種敬畏之心。

松茸吃進嘴裡齒頰留香，古賀夏生根本捨不得咀嚼或吞下。

「吃松茸啊，還是要配這個最對味。」

古賀夏生聽從母親的建議，喝了一口溫酒。五臟六腑盡得滋潤，確實對味。

「媽，妳也一起吃啊？」

古賀夏生開口之前，母親都沒有拿起筷子享用食物，大概是顧慮到自己的身分和職責吧。然而母親表現得非常自然，實在太體貼細心了。

母親吃得津津有味，古賀夏生沒看過有人吃飯吃得比母親更香。而且，那還是她自己煮的料理呢。

古賀夏生喝了一口湯，北國的調味比較濃郁，想必是冬天外出不便，所以食物都用鹽醃漬的關係吧。人的口味不見得會隨時代變遷。

老人家攝取太多鹽分有高血壓的風險。不過，跟都市的速食相比還是好太多。

「媽，妳有在量血壓嗎？」

古賀夏生試探性問了一下。

「我很正常啦。」

「很正常？所以確切的數字呢？」

「反正沒啥毛病，也從來沒在意過。我身子很健康，都不用看醫生的。」

母親張開缺牙的嘴笑了。

「那妳有定期去做健康檢查嗎？」

「沒有咧，縣立醫院偶爾會開健檢車來這鄉下地方。身子不舒服我也會去駒賀野的醫院看病，妳不用擔心啦。」

拉上擋雨板後，古厝就像被封在寶盒裡一樣安靜。

簷廊外圍都有做擋雨板，快入夜的時候，隔壁家的老爺爺特地來拉上的。要從收納空間拉出一片片的擋雨板，封住東、南兩面的長簷廊，可不是件輕鬆的差事。換成鋁製的窗具比較方便，冬天也更爲保暖，但會破壞古厝的美感。

「剛才我在小學碰到隔壁的媳婦，她眞的好勤勞。」

母親喝著溫酒，點頭稱是：

「確實是個好媳婦啊。一大早就起來幹農活，還要去下面的養魚場幫忙。忙完一天還得去整理學校，都沒在休假。」

「那她兒子呢？」

「孩子太有出息也不好啊。她兒子考上東京的大學，都不回家。」

這事實太沉重，母親有意打斷這個話題吧。

木製的擋雨板沒有阻絕戶外的自然氣息。外面已經聽不到蟲鳴聲了，也沒有風吹和樹木隨風搖曳的聲響。然而，外頭的確有某種巨大的意志，應該說是神明的氣息吧。

「神社境內有一塊大石碑呢。」

母親訝異地睜大眼睛，老人家難得有這麼明顯的表情變化：

「虧妳有注意到啊，那是紀念阿兵哥的啦。」

阿兵哥，是指軍人的意思吧，在地人是那樣稱呼忠魂碑的。

「我想起了那張照片。」

「妳說文也啊？」

「對，我想到文也伯父，有點難過。」

母親倆望向佛堂的拉門。

「我還納悶，妳怎麼突然提起這個，原來是這樣。妳有注意到那塊碑啊，文也一定也很欣慰。」

母親慢慢咀嚼松茸，陷入沉思：

「感傷的話還是甭提了，講到後來會變我一個老太婆在發牢騷。」

「媽，說來聽聽嘛。」

「其實啊，妳有注意到那塊碑就夠了。我叫妳經過神社點頭致意，不是要妳感念裡面供奉的神明，眞正該感念的是那些阿兵哥。」

陰沉的話題不適合對歸鄉的旅客訴說，母親一定是這樣想的吧。也有可能是信用卡公司要求。這座村子凋零的現狀，也確實不適合當談資。

「媽，我跟妳說。」

「怎麼啦？」

「我對自己的工作很迷惘。都活到這把年紀了，我卻完全不懂生命的尊嚴，明明那是醫學院教我們的第一件事。不對，我不是對工作迷惘，而是對自己的使命感到迷惘。」

「夏生啊，老人家發牢騷，可沒有什麼人生大道理喔。」

語畢，母親開始回憶陳年往事，她不是眞的要發牢騷，而是要滿足客人的要求。

「如果妳眞的不願回憶，不用勉強沒關係。」

「不，談一談往事，也是在祭奠先人。」

母親又喝了一杯酒，醞釀說故事的氣氛。接著，母親在爐邊縮起身子，談起了往事。

這是很久以前的故事了。

是啊，真的很遙遠。是我這老太婆還在念相川小學的事，所以真的很遙遠了。

某一年盛夏，我們在學校操場做早操，路上有一群人騎著腳踏車趕路。他們是駒賀野兵役課的人，小孩子都聚在一起七嘴八舌看熱鬧。

他們是來送徵召令的。大家都很擔心，生怕自家的父兄收到徵召令。

當時天氣很悶熱，大家也沒心情上課。放學回家後，看到父兄還在外面務農，小朋友也都鬆了一口氣。

不過，徵召令一事很快就在全村鬧得雞飛狗跳。沒想到，光是那一天村子就收到了七張徵召令。據說，連體檢不合格的人，還有孤兒寡母的人家都收到了。有的人已經卸甲歸田，結果又被徵召，而且是第三次收到徵召。那時候，每個戰區都快打輸，不徵召更多民力根本無力回天。

我一聽說文也收到兵單，也顧不得其他人的眼光，直接跑來找他。可是，徵召終究是一件光榮的事情，我們是不能哭的。自己的心上人可能戰死，我卻得裝出喜極而泣的樣子，恭喜他爲國出征。

那一晚，發生了一件奇怪的事情。

村長有一個沒嫁人的小女兒，在八幡神社當巫女。她長得很漂亮，肌膚吹彈可破，所以一輩子都奉獻給神明。

三更半夜，巫女竟然揮舞鈴鐺在村子裡大喊。

「神明要出征啦！神明要出征啦！

「八幡神要帶我們的子弟兵出征啦！

「天照大神、稻荷大神，還有南部家（舊時代的東北大名）歷代英靈也一併出征啦！

「神明要出征啦！神明要出征啦！大夥趕快做好出征的準備！」

聽說，八幡太郎義家公穿著華麗的戰甲前來託夢。而且還帶著村長家供奉的在地神明，以及南部家家主的歷代英靈。

村民一聽說八幡神要出征，便忙著做準備。

首先要挑選給神明騎乘的駿馬，馬鞍和轡繩也裝飾得極盡奢華，背上掛著成串的鈴鐺，以及祭祀用的幣帛。最後，村民總算備好了十匹駿馬。

在神明出征的那天早上，八幡神社境內還舉行了獻酒儀式，所有人一起將隊伍送到駒賀野車站。

現在都是開飛機在天上打仗，幹這種蠢事一點意義也沒有，連小孩子都知道。可是，我們也沒有其他辦法。這世上早已沒有神佛，我們只能編出這樣的故事，來表達自己的父兄被迫送死的委屈。

駒賀野的月臺上，只有我一個人沒高呼萬歲。我拉著文也的衣服，用手指輕輕夾住，不敢一把揪住。

火車上擠滿了載往弘前的阿兵哥。每個村子都只剩下老弱婦孺，我們聽說弘前聯隊要開往滿州，其實並非如此。山村長大的阿兵哥搭船前往菲律賓，就這樣葬身大海，一個也沒有回來。

回到村子的只有七個遺骨箱，慈恩院上一代住持收下遺骨箱時，也說不出體面的話，只用袖子遮住臉龐，掉著眼淚說道：

「神明出征的那一天，我關上山門偷偷目送隊伍離去，生怕觸了大家的霉頭。現在人都死了才開山門相迎，實在太可恥了，請原諒我。」

面對戰爭，每個人都會流露最真實的一面。

這一代的住持當時還是個小孩子，那天的事他也記得很清楚。他說，這輩子他只看過父親哭那一次。

哎呀，我怎麼講出這麼沉重的話來。也罷，讓晚輩聽一聽，也算是供養先人。

夏生啊，妳說看不清工作的意義和使命，也未必是壞事。如果世人成天忍受病痛，不得不去看醫生，活在這種世道也不可能了解生命的意義。所以呢，妳不需要煩惱。

明白了嗎，夏生？

也許世上早已沒有神佛，但人間還是有情。更何況，妳就是病人仰賴的神佛，不要妄自菲薄啊。

好啦，今天多喝一點，明天休息夠了再離開吧。

故事說完啦。

12 滿月夜

「精一，你是不是又胖啦？」

母親倒著茶水，對兒子表示關心。

「體重沒變啊，純粹是體態鬆弛了吧？」

老實說，室田精一早就沒量體重了。反正結果都一樣，也就懶得量。

「你年紀又沒多大，在我這老太婆眼裡，六十二歲還太嫩。你呀，還青春年少呢。」

室田精一躺在被爐裡，點頭稱是。別人好言相勸他都懶得聽，但八十七歲的老母親說教特別有說服力。

母親拿了折疊好的坐墊給他當枕頭，讓他不用枕在自己的手臂上。

「你唷，都這麼大了，還不會照顧自己。」

媽，這不是明擺著的嗎？其他享受歸鄉服務的有錢人，肯定都懂得照顧自己。

起居室裡放的是普通的電熱被爐，手腳放在被爐裡暖和以後，身體變得像奶油一樣軟綿綿的，忍不住就躺了下來。

穿透拉門的柔和光芒照入室內，地爐發出炭火燃燒的聲響，房子邊上也飄來烹煮菜餚的香氣。

室田精一捨不得睡著，但也不想爬起來。這段韻味飽滿的時光最適合放空，不該深沉入睡或保持清醒。

「你回來的時間正好，是刻意挑這時間來的是吧？」

母親在廚房洗米，講話依舊中氣十足。

「是刻意挑這時間來的沒錯啊。新幹線上一堆閒閒沒事幹的老人，但坐到這裡就只剩下我一個了。」

「哈哈，你也是閒閒沒事幹的老人啊。」

「真不巧，我還很嫩呢，妳不是說我還青春年少？」

母親不是一個話多的人，但每句話似乎都經過深思熟慮。用字精妙簡潔，又毫不矯揉造作。言行舉止散發著「人母」的氣息，當兒子的也不用顧慮太多，可以放心當孩子讓她照顧。

室田精一就是想在入秋時造訪故鄉。

來之前，他先收集往年觀光地區的紅葉資訊，推測這陣子可能是紅葉最盛的時期，結果還眞被他猜中了。抵達駒賀野車站時，他已經確信自己挑對時機；搭乘公車來到地勢更高的地方，又看到更繽紛的湖光山色。

抵達相川橋的公車站，室田精一在原地愣了半天。他這才知道，原來自然界有各種不同的紅色。包括鮮紅色、暗紅色、橙紅色、胭脂色、赭紅色等等，山林中綻放著無限的紅色漸層。

室田精一在路上來回走了好幾趟，將這片秋季美景烙印在心底，甚至忘了拍照。

現在閉上眼睛，就能想起剛才見識到的秋色。彷彿打開相本回憶過往一樣，隨時隨地都能喚起這片景色。

故鄉一年之中最美的時刻，他無論如何都要見識一下。可話說回來，這大概是全世界最昂貴的歸鄉行程。

室田精一缺乏理財的觀念，無奈他已經沒人能依靠，只好自己審視財務狀況。過去家計都是妻子代管，他連自己的存摺都感到陌生。

實際計算過後，他得出了一個結論。存款被妻子拿走一半，除非未來去當保全，否則收入就只剩下年金。換句話說，他原以爲能悠哉度過餘生，其實是天大的誤會。

日本人的平均壽命八十歲，他還有二十年要撐。可是，他自認身體健康，不像只能活到平均壽命的人。更何況，醫學進展可謂一日千里。

十年前，他聽說全國的百歲人瑞有四萬人，簡直難以置信。如今，百歲人瑞已經超過八萬人了。那麼，二、三十年後又會是什麼樣的光景呢？三十八年後自己成爲百歲人瑞，似乎也是理所當然的事情。

女兒都嫁人了，依靠她們也說不過去，離婚的妻子就更不用提。日子眞過不下去，乾脆賣掉房子也罷，但他看了夾在報紙的房地產傳單，才驚覺附近的地價跌得很厲害。

換句話說，室田精一應該盡量省吃儉用，免去一切多餘的開銷。其實，不必妹妹和好友提醒，他也知道一年會費三十五萬的黑卡，絕對是最多餘的開銷。服務再頂級都是屁，也沒什麼值得留戀的好處，就算有也是浪費錢。

存摺上的紀錄顯示，黑卡的會費是去年十二月十日扣款。照這時間推算，要盡快解除信用卡契約才行。不過在此之前，他要體驗最後一次的奢侈享受。在群山換上繽紛扮相的那一天，回到母親守候的家鄉。

預約馬上就核准了。一晚要價五十萬的超高級旅行，似乎沒有旺季這回事。應該說，有錢人不會特地爲了當季的美景或美食旅行吧，他們不只享有財富和時間上的自由，連靈魂都是自由的。

「精一啊，晚上煮好吃的肉給你嘗嘗。」

「有肉喔？眞不錯。」

「牛肉和豬肉是這裡的名產，前澤牛和白金豬，都很好吃喔。」

在地爐邊享用高級肉品的燒烤，室田精一聽得肚子都餓了。也是啦，總不能一直用鄉下料理招待花大錢的回頭客，來這招啊。

「媽，不用勉強沒關係啦。」

「兒子一年才回家一次，哪有什麼勉強的。」

「可是，那些肉很貴吧？」

「不會啦。」

這下可好，自己完全沉浸在母子對話的情境中。花五十萬來住一晚的人，哪裡會想到價格的問題？

室田精一躺在被爐裡，背對著母親說道：

「媽，跟你說。我現在得靠年金過日子，過不起奢侈的生活了。」

洗菜的聲音停了下來。室田精一回頭，看到母親落寞的背影。

「呃，我不是有什麼不滿，只是我花不起這筆錢了，眞的只是這樣而已。」

室田精一不小心談到禁忌的話題。在這間空蕩蕩的房子裡，這對沒有血緣關係的母子都有各自的顧忌。

母親沉思良久，背對著兒子說道：

「其實，只要你每年回來讓我看一眼就好，不要說這麼寂寞的話。」

如果這是做生意的話術，絕對沒有比這更好的說法。

可是，如果是眞心話呢——轉念及此，室田精一再也說不出話了。

大概是自己多心。不過，母親總不會拋棄一個失去工作和家庭的傻兒子吧。

室田精一轉過身仰望屋頂，和室外面的屋頂沒有做天花板，可以直接看到茅草屋頂和木製的橫梁，和室內則有搭天花板，只不過都泛黑了。屋內的主梁柱上還設置神龕。上面供奉鮮嫩的紅淡比（譯註：一種新嫩的綠葉），體格嬌小的母親是怎麼放上去的？

在那個當下，室田精一想起了父母。

不是隔壁佛堂裡的父親，也不是站在廚房的母親，而是親生父母。

不去祭拜親生父母，反而尋求一個不存在的故鄉，對著外人的佛壇上香，甚至認外人當母親，室田精一沒有絲毫抗拒感。因爲他很清楚，這只是一種非日常的特殊體驗，就好像布置精巧的度假旅館，或是大人也能樂在其中的遊樂設施。當然，這項服務安排得十分細緻巧妙，令他不由自主沉迷其中。

作爲兒子，室田精一不認爲父母的人生有缺憾。所以，歸鄉服務對他來說只是一種奢侈的享受，而不是違反親情人倫的禁忌。

然而，當他望著被煙霧燻黑的天花板，卻開始懷疑父母是否眞的幸福。

父親年輕時沒有被徵召入伍，但也接獲工廠的勞力動員令，想來吃了不少苦。戰後又去進修念大學，畢業後在大型的金屬製造商做到退休。

父親是高度經濟成長期典型的「拚命三郎」，那年頭薪資水準應該成長了二、三十倍。而且退休年限延長到六十歲，照理說，正好在泡沫經濟期領到大筆的退休金，但室田精一不敢確定金額多寡。

父親退休後的那十五年，每年都會帶母親去海外旅行兩次，每個月也會享受豪華溫泉旅行。除此之外，還有一堆雜七雜八的開銷，最後幾乎花光所有的積蓄，只留下不動產繼承所需的遺產稅額。室田精一很好奇，父親是怎麼把錢花得這麼剛好，簡直神乎其技。

俗話說得好，不留萬貫家財才是眞正爲子孫著想。這種說法似乎太過美化父親的行爲，但父親長年來負責會計業務，處理得這麼恰到好處也不意外。

父親去世才兩年的光景，母親也跟著去了。這對昭和時代的夫妻，儼然是夫唱婦隨的最佳寫照。

室田精一不認爲父母的人生有缺憾，他們的人生根本挑不出一絲毛病。當然，親子間也有一些常見的爭執，但跟完美的人生對照起來，純粹是不值一提的小誤會。

可是，事實眞是如此嗎？說不定父母只是完美呈現一個幸福家庭的樣本罷了。也許他們人生最後的十五年過得非常優雅，但在外地旅遊終究是異鄉人。生活乍看之下多采多姿，卻永遠循規蹈矩，不敢逾越樣本家庭的規範。

「精一啊。」

「怎麼了嗎？」

「我剛才說了些莫名其妙的話，你別放心上啊。」

室田精一找不到適當的答覆，只好用半開玩笑的語氣，表明他沒放在心上。日常用語根本不適合用來回答，偏偏生活中慣用的隻字片語，在這時候卻起到了完美嵌合的作用。

「這樣啊，沒放心上就好。」

「對啦，沒事沒事。」

父母當眞幸福嗎？還是說，他們只是把制式化的幸福，當成了眞正的幸福？

室田精一想起妻子要求離婚時的冷漠表情。

難不成，妻子拒絕在一成不變的樣本家庭中安度餘生？所以她在說明離婚原因時，只好把毫無過錯的丈夫當成原因。應該就是這麼一回事吧？

妻子離開了樣本家庭，前往外面的世界。而這個意外的反叛行爲，也害丈夫失去了優雅度過餘生的機會。

換句話說，妻子不想跟公婆過上一樣的人生。

終於要吃肉了。

燒烤用的鐵網就架在地爐上，已經有幾塊肉在烤。是前澤牛的肩肉和脊肉，以及帶有純白油花的白金豬肉。加起來總共一公斤左右，不是兩個人吃得完的量。

配菜是松茸和灰樹花，都是鄰家的老爺爺採來的。沒有其他多餘的配料反而好。這麼單純的菜色稱不上燒烤，調味也只有加鹽和胡椒。

「媽，還沒好嗎？」

「還沒啦，你這孩子眞沒耐性。」

「不是嘛，我喜歡吃生一點的肉。」

「不行就是不行。我一定要烤到裡面都熟才行。」

「妳都吃全熟的啊？」

「沒錯，我保證一定好吃，你再忍一忍。」

「——媽，還沒好嗎？」

「好了啦，先吃牛肉吧。」

母親夾了兩塊全熟的厚片牛肉，撒了一點鹽和胡椒。

室田精一嘗了一口讚嘆不已。首先炭烤的香味擴散開來，綿軟的肉質入口即化，鹽襯托出回甘的滋味，胡椒的味道竄上鼻腔。

「好吃嗎，精一？」

吃到好吃的東西，眞的會讓人打從心底歡笑。室田精一總算領悟，人類是爲了活著才吃東西，享受飲食的歡愉。

「太好吃了。」

室田精一說的不是客套話。因爲他知道，如此美味不單是肉質、火候、調味的關係。

母親滿意地點點頭：

「你平常有沒有好好吃飯啊？」

室田精一沒有透露自己的私生活，但母親似乎早就看穿了一切。

「有啊，不用擔心我啦。」

「自己一個人，飯還是要好好吃啊。」

「就跟妳說不用擔心嘛。不好意思，給我一塊豬肉。」

室田精一擔心，自己是不是在申請書上寫了多餘的資訊？或者，跟客服聯絡的時候，是不是不小心抱怨了生活瑣事？應該不會的，信用卡公司不會介入隱私到這個地步吧？

這豬肉叫白金豬，室田精一只聽過傳聞，還是頭一次品嘗。

「天啊。」又是讚不絕口。之後，同樣發自內心歡笑。

「媽，這沒有特別處理過吧？」

「都沒有啊，只加一點鹽和胡椒。」

「沒有先加點什麼入味？」

「就跟你說沒有了。」

母親盛了一些松茸和灰樹花，又撒了一點鹽和胡椒。這次是山珍，山珍要來了。

「我說精一啊。」

「又怎麼了？」

「最近啊，不是有一些很方便的食物嗎？好像放到微波爐裡，或是用熱水加熱一下就好的東西——」

室田精一聽得心虛，信用卡公司不可能知道他家冰箱有什麼吧。

「最要不得的是，那種食物味道還不錯。方便固然是好事，但光吃那些東西還是不太好啊。」

媽，妳說得太對了。「羅馬假期」真的每天吃都吃不膩，是我們單身人士的依靠啊。

「還好吧，我不覺得哪裡不好啊。好吃又方便，又有標示卡路里，至少比去外面餐廳吃健康多了。」

「話不是這麼說，飲食的價值不是那些。」

母親哀傷地望向佛堂：

「人只有活著的時候，才能享用食物。不要小看吃飯這件事，該下的工夫不能省。我們拿食物祭拜先人，不是要請先人享用，而是要讓祂們知道，我們有好好吃飯照顧自己，請祂們不用操心。聽好囉，精一。人只有活著的時候，才能享用食物。」

母親在教兒子重要的道理。人不是爲了活著才吃東西，吃東西本身就是活著的象徵。

大概是想起去世的丈夫吧，母親用袖子擦擦淚水，為自己的失態道歉。

那天晚上，母子倆痛飲到深夜。室田精一打開擋雨板，想吹吹晚風醒酒。皎潔的明月高掛在秋高氣爽的夜空。

室田精一接下來講這番話，跟酒力或美景帶來的感動無關：

「媽，我們兩個一起生活妳看怎麼樣？」

母親愣住了，宛如被告白的少女一般：

「謝謝你啊，精一。」

母親好不容易才說出這句話。之後仰望高懸的明月，潸然淚下：

「可是，我沒法答應你。你的好意，只能心領了。」

光禿禿的柿子樹劃開深藍的夜空。月光灑落在慈恩院的屋頂上，更遠處的內陸盆地，看得到一整片乾涸的田地。

母子倆坐在簷廊邊，室田精一抱住母親的肩頭：

「我現在無拘無束，可以賣掉東京的房子搬來這裡。妳不想跟我一起住的話，我另外找房子也沒關係。跟村民相處一定沒問題的，我很擅長打交道。」

母親依舊搖搖頭說：

「我不是懷疑你辦不到。只是，我眞的沒法答應。」

「爲什麼？妳就當兒子去東京打拚了大半輩子，現在退休回故鄉，不就得了？」

這個謊言只要持續一、二十年，到時候大家就會忘記這是謊言了，母子之間也不會認爲這是謊言。

「精一啊，接下來的話我們自己知道就好。」

「嗯，我不會說出去。」

「人家公司有給我錢。也不只是我，公司給了我們全村賺錢的機會。」

「我知道啊，這是正當的酬勞。」

「可是，沒經過公司同意，我們不能擅自招攬客人。」

「合約規定的嗎？」

「沒有，我們沒簽那些麻煩的東西。畢竟那些複雜的玩意，我們也不懂。」

原來，這套歸鄉服務還沒有完整的體系。信用卡公司只是把美國的成功經驗，拿來日本試用罷了。沒錯，就好像藥物的人體實驗階段。因此，信用卡公司沒有跟村民簽約，目的只在收集試驗結果。

那麼，這樣的結果不也是重要的數據資料？

問題是，要對母親說明太困難。

「沒有合約，公司就沒資格干涉你們啊？」

「不，不能這樣做。不行的事情就是不行，恩將仇報是很要不得的。」

「媽，妳誤會了。聽好囉，媽，企業沒有妳想得那麼高尚。他們只會利用人來牟利，沒利用價值的就被一腳踢開。企業不會替妳著想，也不會替村子著想，這是不可能發生的事情。不過，我是有血有肉有感情的人，不是冷酷無情的企業喔。」

母親靠在兒子的肩膀上，聽到後來抽著鼻涕，甚至摀住嘴巴啜泣。室田精一這番話，讓母親哭了。

他的親生父母太完美，彷彿一切都算好了一樣，子女甚至沒體會到看護的辛勞。也因爲這樣，當兒子的心中總有些遺憾，或許妹妹也有一樣的念頭。

然而，這位老母親住的村子，並不是烏托邦，無法在圍籬中追求特定的幸福。也不知道信用卡公司是怎麼和偏鄉扯上關係的，但這座村子幾乎沒有未來可言，所以世界頂級的信用卡公司隨便提個企畫，他們就當作是神佛賜下的恩澤。

老人家捨不得叫子女回來偏鄉，又不願離開村落去依靠子女。村民無法想像自己離鄉背井去外地生活的模樣。

賣掉東京的房子，把祖墳遷到慈恩院，回到這片鄉土孝敬老母親，一圓無法孝敬親生父母的遺憾，這究竟哪裡不妥？

「精一啊，你喝醉了吧？」

母親不再靠著兒子的肩膀：

「今天月亮眞美啊。眞的，太美了。」

「我沒醉。」

「不，你醉了。」

「我沒醉。」

「那好，我們繼續喝吧。」

母親吆喝一聲站起身來，牽起兒子的手。

粗糙的手掌和粗厚的指節上，布滿歲月的刻痕。

「精一啊，你說自己沒什麼好數落的，說不定那是你的一廂情願。也許在老婆眼中，你有一些難以忍受的缺點。」

喝完酒要就寢的時候，母親在拉門外說出這段話。

室田精一藉著酒力，向母親說出了滿肚子委屈。

「不過啊，自暴自棄頹廢度日，這樣不好。」

「我沒有自暴自棄啊，我也是有考量自己的未來。」

「是這樣嗎？看起來不像耶。」

室田精一原以爲，只要說出自己的處境，母親就會答應他遷居的要求。沒想到，母親堅持不肯同意。

「沒差，那我直接搬過來就是。」

「這裡的生活，沒你想得那麼悠閒自在喔。」

對此室田精一也有覺悟。可是，他寧可過上辛苦又不自在的鄉間生活，也不想整天關在日漸荒廢的老家，等待不可能回心轉意的妻子，還要忍受鄰居的指指點點，生怕給女兒添麻煩。最後活著就只爲了打發時間，沒有比這糟糕的餘生了。

「你也想一想自己幾歲了，搬來也只是多一個累贅。」

有必要講到這個地步嗎？這應該不是母親的眞心話吧。信用卡公司爲偏鄉帶來利益，母親主要還是不想背信。

「我睏了。媽，晚安。」

「晚安，祝你有個好夢啊。」

沒一會就傳來母親酣睡的聲音，今晚似乎聽不到故事了。

梅雨過後的週末，妹妹回到家裡，說了一件令人意外的事情。

妹妹先把老家打掃乾淨，才頂著嚴肅的面孔坐到大哥面前。室田精一有點小感動，現在的妹妹看起來就是即將退休的國文老師，跟他四十五年前念高中時看到的老師簡直一模一樣。

「哥，我跟你說，我們家那口子還沒退休就已經在擺爛了。所以，我不是看不慣你的邋遢才來打掃，純粹是週末不想待在家裡。老實說，我想一直待在這裡。」

這傢伙在胡說八道什麼？室田精一瞪了妹妹一眼，她該不會是想跟丈夫離婚，跑回老家生活吧？

「喂，小林是個正直的好人，妳不要傷害人家喔。」

妹妹先是一驚，接著不曉得在想什麼，竟然哈哈大笑起來。她對自己的學生、丈夫，乃至孩子，都不會流露這樣的反應。

「很遺憾，我沒有大嫂那麼無情。應該說，被大嫂搶先才是我的遺憾吧。」

妹妹說出這番話時，伸出手指在室田精一面前比劃了兩下。

這傢伙上課一定很不好懂，想必只會拉拔優等生，根本不管笨學生的死活。

「上個禮拜日，我去了一趟你很著迷的故鄉。」

這次換室田精一訝異了，但他笑不出來：

「別亂來好嗎？這跟妳沒關係吧？」

「牽涉到掃墓的事，就跟我有關係啊。放心啦，我沒有花五十萬去那裡住一晚。」

「妳去幹麼？」

「還用問嗎？去看看那裡的墓地啊。我沒有給人家添麻煩，你不用擔心。」

妹妹收斂笑容，手指抵在額頭上斟酌用詞：

「你想怎麼辦就怎麼辦吧。我不支持你，但也不反對就是了。」

說完這句話，妹妹就匆匆離去了，似乎不願意多做議論。

室田精一生性優柔寡斷，本來也沒有眞的下定決心。不過，他品嘗到一種前所未有的孤獨感。

曾經住在這裡的家人都不見了，感覺連唯一支持他的妹妹，也棄他於不顧。這是千眞萬確的事實，如今室田家的戶口上，只剩下一個「室田精一」。妹妹對哥哥的決定不支持也不反對，這結論也算果斷明確。

「媽。」

——室田精一在黑暗中側過臉，小聲地叫喚母親。可惜只聽到平穩酣睡的呼吸聲，並沒有回應。

母親剛才說，祝你有個好夢。問題是，沒有任何夢境比這現實更甜蜜了。

「早安吶，今天天氣眞不錯。哎呀，精一，你還在睡啊？」

鄰家的爺爺打開簷廊的擋雨板，拉門染上了曙光的色彩。

「啊啊，我起來了，早安。」

來這裡開關擋雨板，似乎是這位老爺爺的使命。東西兩面共有十多片擋雨板，每天早晚都要收拾，肯定不是輕鬆的差事。

歸鄉服務的日常生活，必須保持最自然最眞實的面貌。換句話說，鄰家的老爺爺每天早上都會不辭辛勞跑來，直接進到屋子打開擋雨板。

「一直以來承蒙關照。」

室田精一對著拉門外的老爺爺道謝，老爺爺停下收拾的工作，顯得有些困惑，只說了一句不客氣。不客氣這三個字，眞是好用的回應方式。

「早安，媽。」

室田精一穿上棉襖進入和室，坐在地爐邊取暖。地爐邊上擺了一杯溫度適中的茶。換句話說，客人聽到老爺爺活動的聲音清醒後，就能享用事先準備好的早茶。

「早安吶，昨晚有睡好嗎？」

「有啊，睡得很好。」

「飯就快煮好了。」

現在家家戶戶都有先進的家電，早已聞不到清晨該有的氣味。室田精一小時候住在東京的老家，早上同樣有這種煮飯的香氣。

室田精一喝著茶，順便打開拉門，欣賞朝陽和群山相得益彰的美景。鄰家的爺爺不見了，或許配角只會在必要時出現吧。

「精一啊，你不冷嗎？小心感冒。」

「冷歸冷，這樣的美景不能不看啊。」

室田精一把整扇拉門打開，回到地爐邊坐了下來，欣賞這幅門框中的風景畫。看到這樣的美景，他才明白日式建築不適合擺放椅子。

望著璀璨的錦繡河山，室田精一突然有個疑問。

倘若歸鄉服務還在測試階段，怎麼可能只靠村民運作呢？萬一村民和訪客發生爭執，或是有人生病出意外，這些問題必須盡速處理才行。

而這座村子似乎也沒有公所或派出所，應該連醫生也沒有吧。在這種條件下，把所有工作交給村民處理，風險未免太大了，不符合大企業的行事規範。

信用卡公司一定有指派管理者或負責人吧。

難不成是鄰家的老爺爺？怎麼可能。

老爺爺的兒子和兒媳婦都很勤勉，平日也會來關照母親，他們比較有可能吧？

至於在公車站旁邊，親切招呼來客的酒鋪老闆娘呢？那一帶只有她家開張，她也很可疑。

不對，那邊沿路有不少廢棄的民宅，信用卡公司可以租二樓當事務所，從窗口觀察古厝的情況。

這裡該不會有收音和監視器材吧？如果眞的有，那已經不是行事規範的問題，根本侵犯個人隱私了。

「你怎麼在發呆啊，精一？」

母親端了一盤醬菜過來，有白蘿蔔、白菜、山藥，都是母親親手醃漬的。

「要喝點酒緩和宿醉嗎？」

「不用，我喝茶就好。」

室田精一又倒一杯茶，母親凝視著兒子的側臉：

「你這孩子啊，從以前就愣頭愣腦的。」

母親好像很了解室田精一的童年似的。確實，室田精一生性溫吞，腦袋也不太靈光。這樣的人格特質，其實並不適合當業務員。

不過，他不記得有在申請書上寫下這些內容，更沒有對客服人員提過。這麼說來，母親的觀察力也太敏銳，眞是了不起啊。

「是說，精一啊，愣頭愣腦也沒什麼不好。畢竟在東京生活，總是要承受不小的壓力和緊張情緒對吧。」

母親大概在每位訪客身上，都感受到都市人的壓力吧。讓訪客的心靈放鬆，就是母親的待客之道。

跟其他訪客相比，室田精一認爲自己算是比較特殊的類型。其他有錢的訪客，應該沒有人愣頭愣腦。

那也難怪啊，媽。這張黑卡本來我是用不起的。

四周只聽得到鳥叫聲，但室田精一不曉得那是何種鳥兒。

醬菜的滋味和茶水的澀味，在口中融爲一體。室田精一感覺自己這輩子都活在一個雜亂的世界，所有的顏色、形狀、氣味、聲音、味道，沒有一樣是涇渭分明的。

室田精一拿出老人家在用的腰包，掏出一張沒有標示職銜的名片。

「媽，這是我的電話號碼，有事就打給我。沒事也能打給我，只要妳寂寞了就打這通電話吧。」

母親收下名片，不知所措地搓揉自己的手背。

「可是，我的電話沒法給你。」

「嗯，沒關係，妳寂寞了隨時打給我吧。」

「我不寂寞呀。」

「怎麼會不寂寞呢。媽，我永遠是站在妳這一邊的。」

母親又感動得哭了。她一定眞的把自己當成母親，將一個素昧平生的男子視如己出，才會眞情流露吧。

室田精一又抽出皮夾，拿了幾張萬元鈔票塞給母親。

「不行啦，我不能收。」

「媽，就當孝親費啦。」

「眞的不好啦。」

其他的訪客應該也會給小費或零用錢吧。每次母親收到這些錢，想必也在眞實和虛擬之間激烈拉扯。

母親推了老半天，最後才勉爲其難收下。

「謝謝你啊，精一。」

看著母親淚汪汪的眼睛，室田精一感觸良多。這位老婆婆舉手投足，實在太美了。

13 回暖花開

「現在說這個或許早了一點，總之感謝妳這一年來的辛勞，明年也要麻煩妳了。」

「社長，感謝您的款待。」

今年冬天很溫暖，窗外的藍色燈飾看起來甚至有些不搭調。

二人先乾了一杯。年底有各式各樣的宴會要參加，松永徹趁行程還沒排滿，先招待敬業的祕書共進晚餐。當然，這次招待很難界定是公事或私事，祕書可能不太自在，但松永徹純粹是想表達謝意。

「這家店眞不錯，是社長您的私房餐廳嗎？」

「讓妳預約就稱不上慰勞了。」

「那我以後預約這家店招待客戶可好？」

「妳訂不到的。」

寬敞的包廂還有設置暖爐，二樓窗戶的位置跟行道樹差不多高，但除了燈飾以外沒有其他的光害，也聽不到外頭的喧囂。

「也不是我專程找的，是信用卡高級會員的專屬服務。」

松永徹公布謎底，品川操刻意表現出驚訝的反應。平時品川操沒什麼表情變化，大概是太在意身爲祕書的職責吧。

「所以，信用卡公司會替高級會員保留一位難求的餐廳？」

「我其實不太常用，只是打個電話問一下，他們就幫我預約到這家店了。」

「這服務眞了不起。不管高級會員有沒有用到，他們一整年都會支付店家費用嗎？」

「我也不知道。應該不可能付完整的用餐費，但有補償預留席位的費用吧。」

預約招待賓客的場所，也是祕書的重要工作之一。而且，品川操從不預約相同的餐廳。因爲社長經常要參加宴會，參加餐會的次數比招待賓客還要多，這麼做也是考量到社長的胃口。

開胃菜送來了，服務生也沒多做說明，一嘗就知道這家店專門招待饕客。

「我說，妳沒有預定計畫嗎？」

松永徹找不到話聊，又擔心被當成性騷擾，話也不敢講得太直接，怕讓人誤會。

「我是指結婚的預定計畫啦，妳沒有戀人嗎？」

松永徹改用直截了當的說法。唉，這世道要顧忌的事情越來越多了。

之後，他又補充一句：

「是這樣的，像妳這麼優秀的人才很難找人代替。所以，如果妳有打算結婚，我想事先知道一下。」

品川操莞爾一笑。看樣子她眞的誤會了，也有可能是松永徹的問法太笨拙。

「社長，那您沒打算結婚嗎？」

松永徹連想都沒想，直接回答：

「我都幾歲了還結婚咧。其實我的生活，沒你們想得那麼不自在。」

這種問題想太多根本沒完沒了，但自己一個人，總比照顧家人輕鬆多了。應該說，面對死亡這個無法逃避的命運，臨死的環境和條件根本不值一提。

不過，這是松永徹自己的領悟，無法告訴別人。而且這種話聽在別人耳裡，肯定像是酸葡萄心態。

「我不認爲現在結婚太遲，但也不覺得單身是嚴重的問題。現在這個時代，結婚未必就是幸福。每個人衡量利弊得失後，都有權選擇自己的人生。」

這很像品川操會說的話。松永徹四十歲的時候，完全沒思考過這些問題。他只是順其自然，時間就這樣一去不回頭了。

「父母嘮叨是免不了的，幸好現在也不流行相親。只是，家父退休以後，耳根子眞的很難清淨。」

「如果父親也是上班族，那他應該能理解妳的難處吧？」

「不，在他那個時代，女性結婚就得辭去工作。事實上，家母也是結婚就辭職了。因此家父一直認爲，我這個女兒就是嫁不出去，才會一直忙於工作。」

「眞令人意外，看不出來妳是在保守家庭長大的。」

「或許我是故意唱反調，不想過既定的人生。」

「妳父母的心情我也不是不能體會，我也是同一個世代的人嘛。」

聊了一會，彼此似乎抓到了該有的距離，相處起來也輕鬆多了。松永徹心想，假如自己過上循規蹈矩的人生，現在也該有個跟品川操一樣大的孩子。

「我要是有兒子，眞希望他能娶到妳這種媳婦。」

「我結婚以後，您也要我辭職嗎？」

「不，兒媳婦當祕書又沒關係。」

「一定要當兒媳婦嗎？」

這玩笑話聽起來有些不妥，松永徹來不及細想，正好下一道菜送上來了。

「對了，社長——」

品川操用餐巾擦嘴，彷彿要收回自己的失言，順便換了話題：

「關於信用卡高級會員一事，我個人有些想法。」

松永徹思考過，不曉得新年期間能否使用歸鄉服務。照理說是不可能的，但終究值得詢問一下。畢竟，那可是在美好的故鄉迎接新年到來。可是，他又不好意思打電話去問，只好對品川操說明歸鄉服務的概要，請祕書幫忙預約。

能幹的祕書用松永徹的電子郵件預約，但客服要求出示本人錄音。而且還明確表示，一定要會員本人提出要求才能受理。

老實說這也不打緊，但品川操的疑慮出乎他的意料之外。

「我要說的，是那位客服人員吉野小姐。」

「喔喔，她應對進退很得體，挺不錯的對吧？」

「她有沒有可能是人工智慧呢？」

人工智慧？——不會吧？問題是，松永徹缺乏足夠的知識否定這個推論。再者，品川操說話一向謹慎，她的猜測一定有某種確切的依據。

「她對話很正常啊。」

「先進的人工智慧有學習功能，會自動累積學到的知識，進行合理的推論。我們公司的客服中心，也有同等的人工智慧在應對客戶需求。」

松永徹聽不懂這些高科技的玩意。然而，身為經營者不能說出「不知道」或「不曉得」。品川操應該也知道，松永徹聽不懂她說的話。

「妳的意思是，客人的要求都是機器人在處理？」

「是，當然也不是真的有個機器人在運作，總之這比喻是對的。」

松永徹望向窗外的燈飾，品川操一定看出他心緒動搖了吧。

「社長，您見過吉野小姐本人嗎？」

「沒有，預約服務用不著見面啊。」

「也對，您確實沒必要和信用卡公司的客服見面。」

大部分的高級會員，應該也不是用錄音預約吧。會覺得講電話比較省事的，大概也只有松永徹這個世代的人。願意花五十萬元去鄉下住一晚的，也都是這個年齡層的人。

「不好意思，社長，我幫不上您的忙。那麼，您預約到了嗎？」

「還沒有。我也不是一定非要預約到才行。只是，新年去鄉下睡幾天也不錯，妳新年都在幹麼？」

「也是在老家睡覺。」

「不是說父母會嘮叨？」

「再怎麼嘮叨，也不會大過年就嘮叨。況且，他們也知道我不會有好臉色。」

「抱歉啊，不該介入妳個人隱私的，當我沒說吧。」

松永徹用的是舊式的手機，他懶得每次都用手機輸入十五位的信用卡號碼。用電腦輸入應該簡單許多，所以輸入號碼的工作就交給祕書。不過，要拜託祕書幫忙，得大略說明歸鄉服務的內容。

也不曉得品川操聽懂了多少，只見她依舊面無表情，默默地登入社長的帳號，對信用卡公司的客服提出要求，結果被拒絕了。

歸鄉服務的經驗談，很適合拿來當吃飯時的談資。松永徹講得詼諧逗趣，品川操了解更多內情後，也對每個細節表示驚訝與讚嘆。

「這件事妳知道就好。萬一其他人知道了，可能會懷疑我的人品，以爲我這單身男子有什麼見不得人的嗜好。」

「是，我會當成最高機密。話說回來，這服務眞了不起，不愧是聯合信用卡公司，這就是世界第一的水準吧。」

品川操的表情比較柔和了，想來是酒力發作的關係。她有在美國企業任職的經驗，所以松永徹老早就想問她，對歸鄉服務有什麼感想。

「這個嘛，也許這套商業模式在美國很成功，但也不可能直接套用在日本。信用卡公司沒有做宣傳，服務又缺乏媒體的關注，應該還在試驗性的階段吧？」

試驗性階段，這個字眼松永徹也知之甚詳。公司的新產品會先分發到全國的特定店鋪，收集三個月的銷售數據。期間不會進行宣傳或公告，就只是試驗性發行。沒達成販賣的基礎額度，就不會大規模生產。

「可是，歸鄉服務跟調理包是兩回事，總不可能沒生意就直接收攤吧？」

品川操立刻給了答覆：

「商品單價越高，消費者的數量就越少。如果高單價的服務無法達到基礎額度，那只要各別應對少數的客戶就夠了。況且，歸鄉服務賣的不是有形的商品，而是無形的服務，客戶也很難抱怨什麼。像這種試驗性的服務，對高級會員來說反而是一種樂趣。」

也對，聽品川操這麼一說，松永徹才想起自己看過一些特殊的服務簡介。比方說，會員可以在高級精品店打烊後包場消費，或者包下私人客機前往海外旅行、參觀還沒開館的博物館、一睹歌舞伎或大相撲的後臺等等。

不過，這些都不是「商品」，而是號稱高級會員專享的「服務」。

「另外，我認爲信用卡公司推出歸鄉服務，還有一個用意。」

「喔？說來聽聽吧。」

「現在日本的城鄉差距太嚴重了，恐怕其他國家都沒有日本嚴重。資本和人口都集中在大都市，偏鄉卻不斷凋零。問題是，醫療服務和社會福利必須維持均衡公平。因此，未來參考這套系統推出制式化的服務，就能獲得政府或自治團體的補助，聯合信用卡公司也賺到一個美名。尤其跟其他信用卡公司的高級服務相比，這項服務有機會做出與眾不同的市場定位。」

果然，這樣的人才關在祕書室太可惜了。但也因爲她太優秀，松永徹捨不得放手。

還有一件事松永徹很在意，那就是客服到底是不是人工智慧？

松永徹加入高級會員——將信用卡升級成黑卡，算一算也該有十年了。這十年來，客服始終都是那位「吉野」。寄來家中的郵件也常附上吉野的名片，全名好像是「吉野知子」。當然，他們沒有見面的必要，松永徹也不知道對方的長相。

可是，聽了品川操的推測後，松永徹確實想到一個疑點。每次他在服務時段打電話，客服從來沒有忙線或不在的情況發生。他也沒有很常打電話聯絡客服，但曾經在打高爾夫球的過程中，臨時預約晚上招待賓客的餐廳。而且他使用歸鄉服務都是在週末，要說客服排班的時間很巧，那也說得通。但對方是人工智慧的話，根本就不需要休假。

人工智慧，這字眼聽起來就陰陽怪氣的。松永徹跟那些從小接觸電腦的世代不同，這種現實在他眼中就像假想的科幻小說一樣。

他不是真的跟不上時代，純粹是擺脫不了抗拒感和負面印象。

主菜送上來的時候，電話也剛好響了。

「抱歉，我接個電話。」松永徹也沒離席，直接拿起手機接聽。在包廂裡跟祕書吃飯，講電話也沒什麼好顧忌的。

「夜晚打擾實在萬分抱歉，這裡是聯合信用卡高級會員客服，敝姓吉野。松永徹先生，您正在用餐對嗎？可否耽誤一下您的用餐時間呢？」

這時間點也太巧，松永徹對品川操使了一個眼色，接著說道：

「謝謝妳特地打來關心，這間餐廳我很滿意。」

品川操放下刀叉，可能是她直覺料到有事要發生了吧，松永徹也點頭回應：

「正好，我想預約歸鄉服務，看能否在鄉下過年，現在預約還來得及嗎？」

客服沉默了一、兩秒，給人一種不安的氣息。松永徹倒是沒放在心上，講話慢條斯理大概是客服必須遵守的教範吧。或者，人工智慧在這短暫的幾秒內，挑選合適的應對。

「松永徹先生，我們可以爲您準備其他的接待家長和鄉土。」

咦？這提議有點怪。不是說接待家長和鄉土是不能更改的嗎？還是說，新年的時候例外？

「我想保持原樣就好。過年那幾天不行的話，一月七日之前有哪天方便嗎？」

客服又沉默了幾秒，以前從來沒有停頓這麼久。

「喂？妳還在嗎？」

「是的，抱歉失禮了。松永徹先生，這次聯絡您不是要確認餐廳的服務品質。而是要告訴您，您使用過兩次的歸鄉服務，將要變更服務的內容。」

松永徹忍不住起身走到窗邊，茫然望著冬季街道上的人造光源。

「今天，相川村的接待家長不幸去世了。因此，未來您將無法使用同一個情懷鄉土，還望見諒。當然，我們也準備了其他的舞臺等您造訪，絕對讓您滿意，請您日後也多多支持。松永徹先生，您有什麼疑問嗎？」

各種複雜的情感，在這一刻化爲無奈的嘆息。瞧松永徹落寞垂首，祕書走到他身旁表示關切。

「沒有，我沒什麼要問的，感謝妳打來通知。」

「不客氣，那我們靜候您的聯絡。這裡是聯合信用卡高級會員客服，敝姓吉野，將竭誠為您服務。」

客服的口吻很恭敬，電話卻掛得又快又無情。

「妳的猜測應該是正確的。人工智慧再怎麼進化，終究只是機器。」

看著彼此在窗上的倒影，原來品川操的體格是如此嬌小。

應該沒有年近花甲的醫生值夜班吧。

至少古賀夏生待的心血管專門醫院，沒有這麼老的醫生值夜班。值夜班的醫生要有足夠的體力，來應付緊急送醫的心臟病患者。

古賀夏生值夜班有幾個原因。首先她在照顧生母的那幾年，欠了不少排班和喬假的人情。再者，她已經決定跟常人一樣按時退休，所以明年夏天的生日之前，要好好工作畫下一個完美的句點。

都已經十二月，天氣還是很溫暖。醫院入口處的造景種植了枝垂櫻，那些枝垂櫻竟然開花了，委實令人驚訝。

地球暖化的問題日益嚴重，但對心血管醫生來說，氣候溫暖是值得高興的事。因為心臟病和氣溫有明顯的關聯。

夜班是下午五點到隔天早上九點。下午四點半要先到住院區，跟日班的醫生交接。尤其加護病房的病患狀況，更是交接的重中之重。

醫院都在下午五點半配膳，值班醫生也會拿到醫院準備的伙食，檢查食物衛生和試吃也是醫生的工作。

晚上九點是熄燈時間，其實也沒有完全熄燈，頂多減少一半的光源而已。好在不管時代如何演變，病患總是會乖乖遵守規範，熄燈後的醫院靜悄悄的。

古賀夏生在護理站用電腦，查看病歷表。值班醫生不過十二點是不會去休息的，深夜時段急診的病患特別多。而且人在睡眠時血壓會下降，不少病患都是在就寢時惡化。

救護車多半集中在兩個時段，最多是早上到十一點，這段時間剛好是人們開始活動的時刻。其次是晚上八點以後的洗澡時段。

日班醫生交接時，提到今天有兩名患者去世了。一個是救護車送來的心肌梗塞患者，到院時已無生命跡象。另一個是在加護病房的老先生，由於遲遲無法恢復意識，家屬不願再接受延命治療。

看病歷表上的記載，這兩名病患救不回來也實屬無奈，負責救治的也都是值得信賴的好醫生。

「今天似乎挺忙的嘛。」

古賀夏生用自言自語的口吻，有意無意地問了一下。

「好像是吧，明明天氣這麼好。」

答話的護理長跟她關係不錯，兩人年紀也差不多。護理長結過婚，目前單身。獨生女嫁人以後回醫院上班，夜班人手不夠也會支援。

「走了兩名患者，不能輕忽大意啊。」

「是啊。不過，普通病房的患者應該沒問題。」

「不能輕忽大意是什麼意思？」年輕的護理師轉過身來，力道之大，連椅子都發出了聲響。

「年輕一輩的似乎不知道呢，要告訴她們嗎，醫生？」

護理長面帶苦笑，詢問古賀夏生的意見。

「了解一下比較好，這也算是一種文化，妳告訴她們吧。」

古賀夏生抬起一隻手，請護理長發言。

「感覺怪可怕的。」

年輕護理師誇張地抖了一下。

「好，那有空的人靠過來吧，告訴妳們今天爲何要特別小心。」

夜班的護理師都靠了過來。這位護理長爲人豪爽又頗有人望，古賀夏生的經歷跟其他醫生相比特別出眾，但她生性低調，不喜歡當出頭鳥，護理長總是給她寶貴的意見。

「先說清楚，我可不是濫用職權嚇唬妳們喔。」

護理長講了不像開場白的開場白，說起老一輩醫生和護理師都知道的傳說。

聊這個不能太張揚，妳們再靠過來一點。

那我長話短說。啊，妳耳朵專心聽就好，眼睛要盯著儀器喔。

跟妳們說，這是全日本的醫院都有的傳說，也不是我們這家醫院獨有。

妳們都聽過三途川（譯註：日本傳說中的冥河）吧？就是從人間通往陰間的河流，河岸邊有三人共乘的擺渡船。

對，三人共乘，聽說一定要坐滿三人才會啓程。已經載了一個人，還要再等兩個人。已經載了兩個人，就還要再等一個人。

所以啊，醫院裡要是有兩名患者去世，就還差一個人。像我們這種大醫院吼，其他住院區的狀況我是不清楚啦，但三樓走了兩個人，可能還會再抓一個。

唉唷，不用害怕沒關係啦。像這類傳說都有一些寓意在裡面。也就是說呢，我們醫護人員要隨時保持警覺。時時刻刻注意院內的公共空間，還有避免院內感染等等，這才是傳說的寓意。

都聽懂了嗎？好，大家都很聽話。記得要好好巡視各病房，仔細觀察病人的狀況，以免第三個人被抓走。

上面這些話是我對妳們的訓示，不是職權騷擾喔。

「古賀醫生，您知道玄關附近的櫻花開了嗎？」

「知道啊，我也嚇了一跳。當然，天氣好是值得慶幸的事。」

到了深夜十一點還是沒救護車，可能是今晚特別溫暖的關係吧。

「醫生，新年您打算怎麼過呢？」

護理長好意表達關心。古賀夏生的母親去世，護理長的獨生女也嫁人了，新年只能一個人過。

「我還在服喪，過年是打算值夜班。」

「那我也陪您吧，好久沒在醫院度過新年了。」

新年的夜班，都是單身的醫生和護理師負責，這是每家醫院不成文的規矩。

「不過，令嬡會回來看妳吧？」

「我女兒才剛嫁沒多久，不太可能啦。應該是過完年才回來打招呼，或是我主動去探望她。」

「新年的班表也還沒排好吧。」

「就盡量填補空缺囉，要等到過完年才能休假。」

「我也一樣。其實換個角度想，不必思考新年要做什麼也挺輕鬆的。」

古賀夏生簡直無法想像，沒有母親陪伴的新年該怎麼過。也多虧護理師的體貼關照，她從沒有獨自過年的經驗。

「不然這樣吧，古賀醫生。我們一起慶祝新年，值完夜班找個地方休息一下，慵懶過新年。」

真是個好主意，古賀夏生壓低音量說道：

「可是，我母親的遺骨還放在家裡。」

「沒關係啊。是說，在令堂的遺骨前說新年快樂，也不大妥當。還是您來我家？」

「不會打擾到妳跟女兒相處嗎？」

「都要一起過年了，當然是開心比較重要啊。我想想喔，元旦值完夜班就直接回我家，窩在被爐裡喝個爛醉。初二睡到自然醒，初三一起去神社祈福參拜。大致上這樣安排還行吧？」

護理長翻著日曆提議。之所以說大致安排，主要是新年期間的班表還沒排好。就算她們都順利排到假，醫院安穩的日子也不會持續太久，像她們這種資深的醫生和護理師一定會被叫回來支援。

不過，大致上的安排這樣就夠了。去神社參拜完，回程時邀護理長到家裡，在母親的遺骨前痛飲一番吧。這樣看來，自己也確實進入了悠閒自在的人生階段。

這時候，醫師袍的口袋發出手機的訊息響鈴。時間是晚上十一點十五分，最近常收到莫名其妙的簡訊，但深夜可是非常時期。

寄件者是聯合信用卡公司高級俱樂部的吉野知子，也就是歸鄉服務的客服。

古賀夏生看完簡訊，頓時忘記呼吸。

古賀夏生女士

深夜打擾實在萬分抱歉。

今日上午十點三十二分，您的接待家長不幸去逝了。

因此，我們不得不終止同一個鄉土的接待服務，還望您見諒。

至於其他鄉土還是可以照常利用，詳情請洽客服。

爲您獻上歸鄉情懷。

聯合信用卡公司高級俱樂部
歸鄉服務客服．吉野知子

古賀夏生的手不住顫抖，手機也掉到地上。

「您怎麼了，醫生？」

古賀夏生雙手掩面，想起了生母臨死前，加護病房外櫻花盛開的景象。

爲什麼自己沒察覺到老婆婆的異狀呢？明明春天和秋天都有回去，兩個人還一起吃飯、睡覺，不是嗎？

古賀夏生很懊悔，她眼裡只有自己的煩惱，沒有注意到老婆婆的痛苦。她失去了生母，老婆婆爲她付出母愛，結果她卻把死亡視爲自然的過程，漠視老婆婆即將去逝的徵兆，就跟對待自己的生母一樣。

這種人不配當醫生，而是披著白袍的惡魔。

室田精一的嶄新人生，即將迎來第二個新年。

而且，是毫無規畫的第二人生。自由，卻又不自由，連選擇的機會都沒有。不冠上「嶄新」或「第二段」這類正面的字眼，實在悲劇到無以復加。

室田精一難得打掃佛壇，馬上就得到祖先的庇蔭。兩個女兒終於打電話給他了，平常都是久久才用簡訊聯絡一次，內容也極其簡潔，純粹是確認父親的安危。室田精一好幾個月沒聽到女兒的聲音。

長女打來替兒子討禮物。也不回家看看老爸，還敢打電話來要三輪車？室田精一聽了就有氣。可是，抱怨又顯得幼稚，最後只叫女兒偶爾回家一趟，並沒有多加責備。

眞不曉得女兒在想什麼。的確，她們住的不算近，平日又要忙著工作顧小孩，但不聞不問也太過分了吧？她們以爲老爸還年輕嗎？還是當這個老爸已經死了？

老人家都說孫子很可愛，室田精一倒不覺得有多可愛，跟孫子聊了些沒內容的話以後，不到三十分鐘小女兒也打來了。

小女兒還知道要孝順。她說新年會準備年菜帶過來，父親不用自己準備。也好，有孝心終究是好事。

小女兒還說，阿翔也會一起來。

阿翔？誰啊？室田精一想了好久，終於想起來有這麼一個蠢蛋，辭掉大企業的工作，跳槽到名不見經傳的新創企業，未來的目標是成爲創業家。下次見面直接把話挑明了吧，創業家算什麼職業啊？

室田精一走出母親以前的臥房，到庭院做體操。做體操是他最近的例行公事，尤其深蹲做得特別認眞。

話說回來，今年冬天也太溫暖了。陽光映照在黃色的水仙花上，水仙花會搶在春季來臨前開花，但也開得太早。最令人火大的是，妻子撒手不管的庭院，依舊開花了。

室田精一氣喘吁吁做深蹲，同時想通了一件事。兩個女兒是約好一起打電話回來的。

時間正好相隔三十分鐘，大女兒打手機，小女兒打家中電話。分得這麼剛好，未免太可疑。

她們兩姊妹從小就像雙胞胎一樣，感情十分融洽。也難怪室田精一會懷疑她們在打什麼主意。

有沒有可能，平安夜抱著三輪車去大女兒家，剛好碰到離異的妻子呢？

爺爺奶奶在孫子面前也不好意思吵架，只好扮演一對幸福的夫妻。記得大女兒的丈夫在不錯的中小企業上班，多少有點前途，至少比那個阿翔好多了。這位勘差告慰的女婿，會不會也來幫腔呢？

爸、媽，兩個人一起生活，總是互相有個照應嘛——

不可能。

深蹲有夠累。那麼，來思考一下小女兒打什麼主意吧。

小女兒應該會在三十日，或三十一日帶丈夫跑來。說不定，阿翔手中還會提著一個大型的便當盒。

爸，你看這個，你一定會很懷念——

不成材的創業家阿翔打開便當盒的蓋子。除了魚板以外，裡面塞了滿滿的室田家傳統年菜，一看就是精心調理的菜色。

媽說要拿給你嚐嚐，還問要不要一起過年呢——

這更不可能。

不過，平安夜和新年總算有預定計畫。是啊，這可是「預定計畫」呢。

深蹲完回到和室，室田精一爲父母上香。

本來他想摘一朵水仙供奉，可是轉念想想，難得冬天回暖花開，摘掉似乎太可惜了。

父親乍看之下優柔寡斷，其實會計人很擅長算計。夫妻倆反而是母親握有主導權，父親負責制定完善的計畫。看似典型的「夫唱婦隨」，也許是「婦唱夫隨」才對。就算沒到這個地步，他們也熟知彼此的脾性，是感情良好的夫妻。

「啊，糟糕。」

室田精一在佛壇前合掌膜拜，突然福至心靈，彷彿被父親的在天之靈點醒。

他忘記取消高級會員的資格，那張黑卡還在手上。好死不死，扣款日已經過了。三十五萬元的會費又被自動扣款。

正確來說他並沒有遺忘。即使閒來無事，他也懶得進行驗證手續。尤其一定要輸入十五位數字才能跟客服對話，這道手續太麻煩。這麼優柔寡斷也很符合他的脾性，這一拖就拖過了扣款日。

況且，放棄那張黑卡，形同跟鄉土徹底斷絕關係，這也是他猶豫的原因。

室田精一心想，都被扣掉三十五萬了，明年還是會花大錢回鄉吧。

之前他大話說得很滿，說要搬去鄉下跟母親一起生活，其實心底還殘留著跟妻子破鏡重圓的願望。心有罣礙，想必他還是會使用自己根本花不起的歸鄉服務。

兩天一夜要價五十萬元的歸鄉之旅，加上消費稅和交通費，六十萬元絕對跑不掉。花六十萬元應該能去世界各地吧。一年花兩次就是一百二十萬元，再加上會費就是一百五十五萬元。這點算數還難不倒室田精一。這筆錢用來買保險的話，死後一定能讓不孝的女兒留下反省的淚水。當然，他不打算這樣做就是了。

不過，一想到自己跟鄉土還保有一絲緣分，室田精一的心情踏實不少。

企業根本不顧退休員工的死活，以前的同事也沒機會見面，應該說，室田精一也不太想見他們。反正未來生病住院，肯定會在走廊看到西裝革履的藥廠業務，西裝上還別著他熟悉的徽章。

至於兩個女兒好歹有血緣關係，照理說不會跟妻子一樣棄家人於不顧。可是，她們已經是嫁出去的人了。

這樣看來，故鄉實在太寶貴。雖說只是虛擬的體驗，但知道自己有個歸宿，心情也會平靜許多。

現在的問題是，能否把這個虛擬的鄉土，化爲自己眞正的故鄉。室田精一正面臨人生的重大抉擇，所以父母才給他機會和女兒見面，逼他早點下定決心。

室田精一泡了杯咖啡，到陽臺沐浴午後的陽光。純白的陽臺桌椅並不是高級貨，卻有歷久彌新的美感。

再點根菸來抽，好好思考一下吧。兩個女兒應該不會反對父親移居的計畫，她們的家庭都很穩定，才懶得關心父母。也許女兒二話不說就同意了，放假有個鄉下地方可去，她們也開心。

咖啡眞好喝，抽菸配咖啡眞是絕妙。搞不懂戒菸後只喝咖啡的人在想什麼。

對了，那妹妹呢？不要緊，她不會反對的，她不是去當地參觀過了嗎？最近妹妹的家庭好像也出了問題，搞不好也想跟去。這可使不得，一對離婚的兄妹跑到鄉下避世，一起度過餘生，怎麼看怎麼怪。當然了，妹妹那個無趣的夫婿和家庭，可能也會慶幸放假有鄉下地方可去吧，這樣看倒也不壞。

室田精一瞇眼眺望午後的艷陽，這時手機又響了。

這個時間大概是川崎繁打來約喝酒吧？不料，手機沒顯示來電者，螢幕上的來電號碼他也毫無印象。

陌生來電是不該接聽的，現在詐騙陷阱太猖獗了。

室田精一把手機放在陽臺的桌上。手機響了好一會，連咖啡杯都在震動。過一陣子電話終於掛斷。

看到「0198」的區域號碼，室田精一慌了。是母親打來的，母親一定是寂寞才會打電話過來。

他再抽一根菸，等心跳緩和下來才回撥電話。

電波飛向遙遠的彼方，現在故鄉不知道有沒有下雪？室田精一想像母親身穿棉襖，坐在地爐邊凝視手中那張沒有職銜的名片。

「喂？媽，我是精一啦，不是詐騙集團，妳放心吧。哈哈哈。」

奇怪的是，那並非母親家的電話號碼。

接電話的男子自稱「佐藤寛治」。室田精一以爲自己遇到詐騙集團，但接下來的發展，讓他寧可遇到詐騙集團，也不希望是事實。

「啊，您是室田先生對吧。不好意思，突然打電話叨擾您，我是相川村那個鄰家老爺爺的兒子，這樣說您應該知道吧？」

男子講的是標準日文，只是稍微帶有一點鄉音。他是歸鄉服務的工作人員，不對，是平常關照母親的那戶人家。

「不瞞您說——」

男子靜默了一會，安靜得令人害怕⋯

「藤原婆婆她，不久前去世了。」

室田精一激動起身，打斷了男子⋯

「你說的藤原是誰啊？」

「抱歉，我應該說清楚的，是藤原千代婆婆。我們鄉下這邊也正好在忙，結果藤原婆婆她——」

男子一時哽咽，先乾咳一聲，換了一個說法⋯

「婆婆她是握著您的名片去世的。所以，我跟父親還有老婆商量過，決定通知您一聲，還請不要見怪。」

母親去世了，室田精一仰望蒼天。到底太陽是被雲彩遮住，還是陽光在他眼中已經失去了溫度？

「請容我問清楚一件事，這是千眞萬確的事實嗎？還是歸鄉服務的情節？」

如果是事實，這絕對是很失禮的疑問。室田精一依舊看著昏暗的天空，閉起眼睛等待答覆。

「這件事我絕不可能說謊，我們眞的失去千代婆婆了。」

男子撂下這句話以後，哭了起來。

母親，眞的死了。

面對這個難以消化的事實，室田精一的腦筋一片空白。

14 忘雪

這次歸鄉，看不到故鄉的風景。

故鄉的山林和站前的景色，全都成了雪幕後方的陰影。這一切看起來好不眞實——包括行屍走肉的自己也是如此。

公車司機問來客要到哪裡，古賀夏生回答相川橋。

「請問這班車有到相川橋嗎？」

「去相川橋沒問題。至於更遠的山頭，現在連除雪車都過不去。」

按照司機的說法，這個地方冬天氣候寒冷，但很少下大雪。才十二月就積了這麼多雪，更是前所未見。

古賀夏生心想，下大雪還能到相川橋，該說是運氣好吧。

接到母親去世的噩耗後，醫院接二連三收到急診患者。半夜和凌晨都有患者送來，古賀夏生也沒時間休息。上午九點交接完，她回家盥洗打理一下，就趕往東京車站。

值完夜班正好是禮拜天，再來要到禮拜一下午才有班，在故鄉住一晚再回去也無妨。感覺這一切都是母親安排好的。

古賀夏生曾把那位老婆婆視為母親，回去弔唁算不上僭越。相信老婆婆在招待她的那段時間裡，也把她當成女兒。

公車裡很溫暖，又不用擔心司機過站不停，所以古賀夏生一坐下來就犯睏。半掩的眼眸望著車站前的雪景。發車前的幾分鐘好漫長，彷彿連時光都凍結了。

駒賀野車站是通往故鄉的玄關，初次造訪時是百花齊放的季節。第二次造訪是萬紫千紅的秋天。這些寶貴的體驗，跟信用卡公司提供的服務沒關係。真正感動人心的，是那個陌生的鄉土和另一位母親。無論來訪的人過去如何荒唐，故鄉和母親永遠寬容以待。

「準備發車囉。」

公車司機打開車門，在候車亭抽菸的男子，趕緊上了公車。

「客人，您要到哪？」

「我要到相川橋。」

「啊啊，你們是一起的嗎？」

男子否認了司機的猜測，順便望了車內一眼。男子身穿白襯衫配黑領帶，應該也是來弔唁的吧。古賀夏生稍微起身，點頭回禮。男子拍掉大衣上的雪塊，坐在通道另一邊的座位。只載兩名乘客的公車終於發車，車輪上的雪鍊也發出聲響，開過白茫茫的駒賀野。

學校應該提早放寒假了吧，現在雪下得這麼大，大概也沒人去醫院看病。

商店和民房的屋簷，感覺都快被厚厚的雪冠壓垮，這雪應該連下了好幾天。據說是歷年來罕見的十二月大雪，新聞只說大雪下在日本海沿岸，還有群馬、新潟、長野山區，沒想到連東北也受到影響。

開車的司機頗有年紀，連他都沒看過這麼大的雪，是不是嚴寒和大雪奪走母親的性命呢？萬一母親有心血管疾病，藥吃完了也沒法去醫院拿，確實非常危險。抗凝血藥沒持續服用容易引發血栓，沒有血管擴張劑，心臟病發作也緩和不下來。

或許平日健康的母親，沒發現自己有心血管疾病吧。死於心肌梗塞的人，有四成都是在不知情的狀況下走的。氣溫驟降的早晨，還有剷雪等活動都很危險。

公車穿越市鎮，四周的景緻更加雪白。

「能否打擾一下？」

穿著正式的男子，招起一隻手向古賀夏生搭話：

「請問，妳是來弔唁藤原女士的嗎？」

古賀夏生一時無言以對，只報以微笑。她沒聽過藤原這個姓氏，但母親眞正的姓氏絕對不是「古賀」二字。

「呃呃。」男子兀自嘀咕，並沒有多說什麼，似乎在反省自己問得太過魯莽。

就這短暫的沉默，古賀夏生也明白，這人不是母親的親戚或舊識。

藤原千代。她把這個好名字記在心底，悄悄閉上眼睛：

「不好意思，我不知道老婆婆姓藤原。」

男子點點頭，面朝前方說道：

「其實我也一樣，是她的鄰居聯絡我，我才知道的。」

戴著眼鏡的男子慈眉善目，人應該不錯。只是頂上毛髮稀疏，不會冷嗎？

古賀夏生思考，所謂的鄰居是指誰呢？會跟訪客接觸的村民，都和歸鄉服務有關。那麼她應該也認識才對。

是佐佐木酒鋪的幸子女士？還是慈恩院的和尚？該不會是鄰家的老爺爺和年輕夫妻吧。古賀夏生二次歸鄉，只跟這些「鄰居」有比較親密的接觸。而這位男子會接到村民聯絡，代表他經常來訪，跟村民的關係也不錯。

「我是接到信用卡公司的簡訊聯絡，就這樣跑來好像太冒昧了。」

男子搖搖頭回答：

「沒這回事，我也有接到信用卡公司的簡訊。只不過，在接到簡訊之前，鄰居就先打電話給我。我給了藤原女士名片。」

男子話才說到一半，突然別過頭不講話。原來，這個人也失去了重要的母親，失去一個沒法對外人訴說的重要親人。

「那麼，你算是我大哥對吧。」

古賀夏生溫柔一笑，希望緩和對方的悲傷。這個人年紀應該不會比她小。

「抱歉啊，年紀大了情感特別脆弱。我姓室田，請多指教。」

這個人歸鄉的時候，母親的身分就是「室田千代」。古賀夏生也不嫉妒，老婆婆爲素昧平生的人付出母愛，這分眞心令人感動。就算沒有拿錢，老婆婆也會做同樣的事吧。

「我都還沒自我介紹，眞是失禮了，我姓古賀。」

「那妳算是我妹妹吧？」

「這可難說了。」

二人各自眺望窗外的雪景，車子每開過一站，就會響起到站的錄音廣播，但候車亭沒有人等候。

「室田先生──」

這次換古賀夏生主動攀談。她在搭新幹線時想到了一種可能，而且一直在腦海中揮之不去。

「我們會不會被信用卡公司騙了？」

也就是說，母親並沒有死。純粹是信用卡公司要收掉不賺錢的業務，才編造這個荒謬的結局。古賀夏生反覆端詳簡訊，那冷硬的文字激起她的疑心。

「妳說，我們被騙了？」

室田轉過那張胖臉，凝視著古賀夏生。這個人一定不懂得猜忌別人吧。

「我的意思是，也許媽還好著呢。要真是這樣，我們就是不請自來了。」

室田雙手環胸思考了一會，最後篤定地說道：

「不，我想應該不可能。我在電話中還特地確認過，這到底是千眞萬確的事實，還是歸鄉服務設定的情節。對方也很坦白地告訴我，生死大事他們絕對不會說謊。那個叫佐藤寬治的人，妳也認識吧？就是鄰家老爺爺的兒子。」

「我知道，原來是寬治先生啊。」

古賀夏生想起了那個相貌忠厚的鄰人。在仙台念完大學後，帶著妻子回鄉務農，是非常有骨氣的人。他參與信用卡公司的企畫，只是想振興家鄉，不可能在這種生死大事上說謊。

「被騙我也甘願啊，承擔不請自來的罵名也無所謂。」

「說來慚愧，其實我也是這麼想。」

古賀夏生不是眞的懷疑，她只是無法放棄那一絲希望。一年內失去兩個母親，實在是難以承受的痛。

窗外的飛雪不停，但對向車道偶有來車，後方也不時有車子越過公車。雪鍊和風雪的聲音聽起來有點模糊，連室田的說話聲也是如此。

「媽都八十七歲了，身子有什麼毛病也很正常。我卻沒有主動表達關心，代表我也沒有眞的把她當家人吧。」

室田像是在說出自己的懊悔，而不是在對古賀夏生說話。不過，這段話也觸動了古賀的心弦。

「其實，我的職業是醫生——」

古賀夏生語氣疲軟無力，嘴唇也在發抖：

「——所以，這不是一句沒注意到就能了事的。」

「請別這麼說，妳多心了，沒必要把這個責任往自己身上攬。」

雙方的對話沒有交集，又各自看著窗外沉默不語。

就當兩兄妹到都市打拚，接獲母親的噩耗後一起回鄉祭奠吧。不然，一個花錢買歸鄉體驗的客人，於情於理都不該做這種事。

「請問，妳是打哪來啊？」

室田試圖化解尷尬的沉默。

「我來自東京。」

「這樣啊，我也是東京人，本來沒故鄉的。」

「我也一樣，是土生土長的東京人，也沒有可以回去的故鄉。」

長到這個歲數，跟父母的原生家庭也沒往來。東京的人際關係淡薄，血緣非但不受重視，甚至還被視爲一種束縛。有些兄弟姊妹長大獨立以後，只有在婚喪喜慶的場合才有機會碰頭。這在東京稀鬆平常，也不算是關係不好。

眞正可悲的是，都市人對親密關係避之惟恐不及，年老後只剩孤獨相伴。老人家擠滿了各大醫院和養老院，古賀和室田未來也是同樣的命運。

因此，他們很羨慕這個村落。村人都說這裡是什麼都沒有的窮鄉僻壤，可是對土生土長的東京人來說，這裡什麼都有。

「我本來想賣掉東京的房子，搬來這裡生活呢。」

室田一副很遺憾的口吻。

「我認為這主意不錯。」

室田點點頭，隨後拱起身子陷入沉思：

「可是，媽不在了——」

感覺他的言外之意是，媽不在，搬來也沒意義了。

至此，已經能肯定他是歸鄉服務的使用者。而且他應該很常來，最後還興起移居的念頭。

室田看起來有點肥胖，但身子還算硬朗。氣色紅潤，聲音也中氣十足。經濟上過得去的話，現在搬到鄉下也不嫌晚。不對，在相川村這個地方他連老都稱不上，頂多算是壯年人。

車上廣播相川橋快到了，司機也親切提醒一遍，古賀夏生悠悠轉醒。

「不好意思啊，客人。車站那邊沒法迴轉，只好請你們提前下車。」

平日這班長途公車，往返於駒賀野和沿岸都市。但前方山頭無法通行，公車必須在相川村折返。沿線上的小學再過去一段距離，有塊平整的雪地可供迴轉。

「在這裡下車，反而比到站下車近多了。」

那所被村人拿來再利用的廢棄小學，室田似乎也造訪過。白雪靄靄的操場後方，還有一間古色古香的校舍。

「我們眞的不假思索就跑來了呢。」

室田走下公車階梯的時候，還好心牽了古賀夏生。

「聽說今晚守靈，明天就要出殯，媽一定也希望妳參加吧。」

也許吧。弔唁親人這件事，冥冥之中總有巧合。

廢棄的校舍屹立在大雪中，刺骨的寒風傳來母親的招呼聲。

你們來啦，終於把你們盼來啦。

抵達母親居住的古厝，古賀夏生最後的一絲希望破滅了。

幾間和室的拉門都拆掉了，變成舉辦喪禮用的大廳。廳上掛著藍白相間的幔帳，後邊的佛堂擺了一口棺木。來弔唁的人都穿居家服，不知道是下大雪的關係，還是這裡的守靈習俗如此。

古賀夏生也沒心情確認老婆婆家的門牌是不是「藤原」。反正只要走上小徑，抵達母親守候的這座家園，剩下的都不重要。

家裡瀰漫著爐灶、地爐、線香的煙霧，古賀還來不及難過，眼淚就流下來了。

慈恩院住持以清亮的嗓音，帶領村人一起爲老婆婆誦經祈福。有的老人家雙手合十專心助念，連經文都不用看，大概是背下來了吧。這麼莊嚴樸實的守靈儀式，想必是從古早時代細心傳承下來，沒有簡化省略。

「哎呀——」

佐佐木酒鋪的老闆娘注意到二人來了，從地板上靠過來。外圍也有幾個人回過頭來，但沒有人中斷誦經。

「我接到寬治先生的聯絡，抱歉來遲了。」

室田小聲致歉。

「別這麼說啦，天寒地凍的你們還願意來，已經很有心了。千代婆婆一定很高興，我代她謝謝你們啊。」

佐佐木幸子先低頭道謝，之後尷尬地仰望著「老同學夏生」。

「冒昧跑來給你們添麻煩了，但我真的坐不住。」

幸子抓起圍裙遮住自己的臉，沒有答話。一個虛擬的世界竟以這種方式破滅，也難怪她無言哽咽。

幸子嘆了一口氣，說道：

「有些人守靈要喝酒，我可能沒法招呼你們。」

「沒關係，是我們自己跑來的，請別介意。」

「那請到前面來一起爲婆婆祈福吧。」

「呃，我在後面就好。」

幸子又是一陣感嘆，勉強收拾心情才說出下面這句話：

「請你們繼續當千代婆婆的孩子。拜託了，請坐到棺木前面吧。」

古賀夏生想的是，室田和母親的關係一定不錯。可是，同樣都是歸鄉服務的使用者，村民招待來客總不能大小眼，所以才讓她坐上親人的席位。

棺木前面有一個身穿黑西裝的男子。倘若那是老婆婆眞正的兒子，到底該跟對方說些什麼才好呢？

「那就恭敬不如從命。」

室田爽快答應了。

「呃，我還是在這裡就好。」

「別這樣，一起來嘛。」

專心助念的人群中，寬治先生回過頭來，用手勢請二人上前。

古賀夏生終於下定決心，放手融入這段虛實交錯的時光。確實，她是不請自來，因此有立場相同的室田作伴，讓她安心不少。她跟室田唯一的差異，大概是孺慕之情的深淺有別吧。

「那就失禮了。」

棺木前方的家屬席位上，只有一位白髮紳士正襟危坐。

母親的遺照好年輕，應該是十年前或十五年前的照片。住在山村裡，也不太需要拍照。左鄰右舍大家相識多年，過著四季如常的生活，也不必拍照留念。

遺照可能是從十多年前的團體照中擴大擷取的。相片中微笑的母親，臉上充滿著溫情和幸福。

古賀夏生不了解母親的人生。回鄉探望母親的夜晚，她打聽過，無奈母親始終不願回答。但光看遺照，她寧可相信母親過著幸福美滿的一生。

對了——

一旁端坐念經的紳士，是不是老婆婆的親生兒子呢？怎麼都看不到其他家屬？

那位紳士不太習慣唸經，但態度非常虔誠。感覺是真的在助念祈福，來撫慰母親的在天之靈。

古賀夏生打開前方的經書，經書上標示著讀音，只是她不知道該從何唸起。

「從這裡。」室田好意提醒。

「無無明，亦無無明盡，乃至無老死，亦無老死盡。」

古賀夏生跟著唸，她不懂經文的意思，卻很喜歡這種平靜的氣息。

「遠離一切顛倒夢想，究竟涅槃，三世諸佛。」

紳士唸經的聲音在顫抖，古賀夏生暗暗吃驚，偷瞄了對方一眼。紳士拿出手帕擦拭眼角，難過得哭了。

看到這一幕，古賀夏生心想，自己果然是格格不入的不速之客。

上完香，村人三五成群離開古厝。

戶外的風勢小了很多，雪卻一直在下。走的人越多，室內就越見空曠。每個人都是誠心弔唁母親去世。

「很抱歉，我不知道二位是親屬，是我僭越了。敝姓松永，令堂生前對我關照有加。」

白髮紳士轉身面對二人，很有禮貌地低頭打招呼。

「不是，我們不是親屬。」

室田的口吻有些拖沓，看來他個性雖好，但爲人不太機敏。

「呃，請問你是不是是——」

不過，古賀夏生也不是多機靈的人，話才講到一半就接不下去。三人凝神對望，揣測彼此的身分。

「——所以，你們也是吧？」松永也給了一個不太機智的答覆。他真正想問的是「你們也是歸鄉服務的客人吧」，但守靈儀式上又不好意思明講。

然而，話一說出口，三人的心情頓時輕鬆不少。他們拉開一段距離，再次鄭重地自我介紹。

就當三兄妹年輕時出外放蕩，如今回來參加母親的喪禮吧。

「母親她是不是沒有子女呢？」

松永回頭看著母親的遺照，提出了這個問題。這位叫松永的紳士溫文儒雅，但言行舉止有一股威嚴。黑色西裝穿在他身上非常合適，可能是某個大企業的老闆。有些大老闆每年夏天開完股東大會，就會到醫院的貴賓室住個四天三夜，做一整套的健康檢查。松永看起來很像那種人。

「應該是吧，沒聽她講過。」

怪了，連室田也不知道？

「獨自生活想必很寂寞。」

古賀夏生抬頭仰望橫梁上的家族照片。上面有母親的公婆和丈夫，丈夫大約七十來歲，還有戰死的文也伯父。遺憾的是，母親的遺照沒人幫她放上去，藤原家世世代代居住的這間古厝，未來會怎麼處理呢？

「請喝杯茶，餐點也快準備好了，各位先歇一會。」

佐佐木幸子送來茶水，她大概沒料到一次有三位不請自來的客人，顯然她也不知該如何招呼。

「母親她有哪裡不舒服嗎？我都沒注意到。」

「喔對了，小夏妳是醫生嘛。別說妳沒注意到，我們也都沒察覺啦。千代婆婆平常那麼健康硬朗，誰都沒料到她會走——」

幸子提起母親去世那天的始末：

「那天一大早，鄰家的媳婦跑來幫忙收拾擋雨板，就看到婆婆躺在地爐邊。一開始她只是很好奇，怎麼婆婆在地爐邊睡著了。」

據說，母親的氣色不錯，臉上還掛著幸福的微笑。可是，鄰家媳婦怎麼叫喚、怎麼搖都搖不醒。抱起來一看，母親已經氣絕。

鄰家爺爺和寬治先生冒著大雪趕來，大夥用盡急救手法，還是救不回母親。救護車抵達沒多久，警車也趕到了。沒有人把「死」這個字說出口，因爲這已經是明擺著的事實。

古賀夏生聽著幸子的說明，緊緊閉住雙眼。從當時的狀況來看，母親果然有腦血管或心臟方面的疾患。

「好了，各位來吃點東西吧。只是我廚藝沒千代婆婆好，請別嫌棄啊。」

後續的發展不必幸子明說，古賀夏生也很清楚。

警車跟救護車一起到來，代表他們在電話中已經確定母親身亡了。不過，宣告死亡是醫生的職責。換句話說，救護車要把母親送到駒賀野的醫院，由值班的醫生確認死亡。鄰家的媳婦要配合警方問話，那麼搭上救護車同行的是寬治先生吧。

大雪紛飛的早晨，醫院就接到緊急聯絡。值班醫生和護理師都到外面待命，救護車抵達醫院後，急救人員抬下擔架，表明患者已經沒有意識和呼吸心跳。就算沒有生命徵兆，他們還是趕緊將人送入院內，尋求一線生機。

「快接上儀器。」

心電圖，血氧濃度，血壓，還有心肺功能都停了。醫生請家屬入內，說出令人心痛的事實。

「我們已經盡力搶救，可惜還是回天乏術，現在確認死亡時間好嗎？」

每個醫生的說法不太一樣，但經驗越豐富的醫生，宣告的口吻就越平靜冷淡。

宣告死亡以後，還必須徵求家屬同意，釐清患者死亡的原因。靠抽血檢驗和電腦斷層掃描，幾乎就能釐清大部分的死因。

很可能是冠狀動脈疾患引發的心臟病，也就是心肌梗塞。

照理說不可能全無徵兆，但母親年事已高，一發作就撐不過去。

古賀夏生好想哭。她想哭不是悲傷的關係，而是懊惱自己沒有善盡一分心力。

「別難過，就當是壽終正寢吧。」

松永溫言勸慰，古賀夏生雙手掩面，搖頭否定這個說法。醫生不允許用「壽終正寢」這幾個字來安慰自己。

鄰家夫妻和幸子送來了三人份的餐點，菜色看起來清雅別緻，彷彿母親事先做好留下來的飯菜。

用餐之前，三個孩子各自走到棺木前面，和母親說說話。母親的表情很安詳。大夥喝著悶酒，無話可聊。古賀夏生陪兩位陌生的大哥，共飲了一段時間。後來，他們開始談起自己跟母親的回憶。令人意外的是，松永和室田這兩位大哥，跟母親也沒有特別深刻的交情。

室田是退休的上班族，而根據松永的說法，他身上還有卸不下的重擔。兩位大哥並沒有談及個人隱私，也沒有過問他人的，性情倒也相近。他們都跟古賀夏生一樣，是土生土長的東京人，沒有可以回去的歸宿，未來註定孤獨終老。當然，這不是多特別的人生際遇，純粹是都市人的一種人生寫照。

「信用卡公司的人好像沒有來。」

古賀夏生道出心中的懸念，祭奠的鮮花都是村長和村民送的，完全沒看到聯合信用卡公司送的花卉。

「可能要過幾天才會來致意吧。」

松永的口吻很冷靜。

「沒有才好。」室田跟著答腔。

也許他們說的都對。外資企業不是沒有弔唁的習慣，但公司的代表出席這場喪禮，反而不恰當。

可是換個角度想，三個使用歸鄉服務的客人，竟然都跑來了。松永和室田肯定也是一接到噩耗，就放下一切趕來了。母親眞的很受人敬愛。

地爐邊上，也有一場寧靜的小酒會。鄰家的爺爺和寬治先生，還有母親相識多年的老人家聚在一起小酌。身穿僧衣的慈恩院住持，坐姿端正地喝著茶水。幸子和鄰家媳婦背對眾人，坐在地板邊緣談心。

這裡守靈的習俗，想必就是大夥聚在一起共飲整夜，確保香燭不斷。

略有醉意的寬治先生靠了過來，替三人斟酒：

「我們在後面安排了一個休息空間，有需要的話但說無妨。明天早上十點大家再一起去火葬場，替婆婆撿骨。有這麼出類拔萃的孩子幫忙送行，千代婆婆是個幸福的人。眞的，沒有誰比她更幸福了。」

雪花飛散的夜幕中，突然傳來吼叫的聲音：

「媽，妳在哪？」

大家都有聽到，並不是幻聽。

男子一衝進門內，在原地愣了老半天，茫然地看著祭壇。

「怎麼會這樣？」

男子先是喃喃自語，接著激動大叫：

「怎麼會這樣！媽，妳說啊！」

瞧男子氣急敗壞的模樣，大概是連滾帶爬衝上坡道的吧。頭上的帽子和身上的大衣都沾有雪塊。而且他的身材很高大，在黑夜中不小心撞見，可能會以爲是一頭熊吧。

和尙離開地爐邊，跪坐在地板上仰望男子：

「現在外面天寒地凍的，勞煩您大老遠特地跑一趟。我想，您母親一定也很欣慰。請先上來暖暖身子吧。」

男子疑惑地張望四周：

「你們是騙我的吧？被騙我也無所謂啊。和尚啊，拜託你跟我說這都是假的。」

和尚沒有答話，男子氣憤地摘下帽子摔在地上。他抖掉身上的雪塊，像個鬧脾氣的孩子一樣憤恨跺腳：

「騙人的，這一定是騙人的，還演得跟眞的一樣。喂，你們說句話啊。」

古賀夏生想起了母親說過的話。

——來自關西的客人，大多是坐飛機來的。

古賀夏生依稀記得，她是在當地機場的候機室聽到這句話。那時候她要到京都參加研討會，母親開車送了她一程。

這位冒著大雪趕來的男子，一定就是關西的客人。他也跟古賀夏生他們一樣，一接到噩耗就不管三七二十一跑來了。

男子語氣粗野、滿臉橫肉，但感覺人不壞。

古賀夏生正要起身好言相勸，松永按住她的肩膀：

「就當我多管閒事，交給我吧。」

松永用大家都聽得到的音量，說出這句話。他拱起高䠷的身子繞過地爐，走近門邊的那位男子。

「你誰啊？」

男子語氣不善，松永坐下來，臉上還帶著笑容：

「我算是你大哥。」

男子吃了一驚，又問道：

「你是媽——千代女士的兒子嗎？」

「不是的。」松永搖搖頭，男子也不再咄咄逼人。

「所以，這一切都是眞的？天啊，媽眞的離開我了，唉。」

男子癱坐在地，額頭還敲到地板。松永拍拍他的背，他掉著眼淚說道：

「我原本是想來這裡，跟媽一起過新年。結果這件事客服只用一通電話帶過，我就連忙趕來了。剛好碰上大雪，飛機停飛，只好轉搭新幹線過來。大哥啊，對我們來說這不是那麼單純的問題吧？」

古賀夏生抬頭看著頂上煙霧繚繞，這席話化解了她心中的疙瘩。這位遲來的小弟，說出了大哥和大姊的眞心話。

沒錯，這整件事沒有那麼單純。絕不是信用卡公司說的那樣，純粹給孤單的都市人一個鄉村體驗，或是振興偏鄉云云。

轉念及此，古賀夏生閉上眼睛，聽著擋雨板外下雪的聲音。

母親受人敬愛的原因，就在於她的自然。而這些孩子敬愛母親的原因，卻在於他們的不自然。

人口和城鄉差距過大，這些社會問題其實跟大多數人無關。人們只是抱著一種先入為主的錯誤觀念，將繁榮視為幸福。於是乎，許多人失去了自然，被迫過著不自然的生活。

古賀夏生總算領悟，這才是眞正的癥結。

隔天早上雪停了，是耀眼的晴天。

「妳有打算去體驗其他的鄉土嗎？」

公車一開動，松永問古賀夏生。這問題聽起來不太厚道，明知道答案，爲什麼還要多此一問呢？

「沒這打算。」古賀夏生看著窗外一幕幕飛逝的故鄉景緻。

她必須搭上第一班公車，才趕得上午後的診療時段。她不想給院方添麻煩，也就沒留下來替母親撿骨。

松永也有重要的工作要處理，兩人便結伴回去。

他很符合那種優秀大哥的形象，一看就是年輕時考上東京的名校，早早出外打拚的大哥。

「那松永先生你呢？」

「當然沒那打算啊。我這人雖然沒什麼堅持，但還是有基本操守的。」

朝陽下，廢棄的校舍被封在厚厚的積雪中，目送二人離去。

「你知道這間小學嗎？」

古賀夏生用戴著手套的手背擦拭玻璃，指著校舍問道。

「知道啊，很詩情畫意呢。」

「現在是老人家聚會的場所，我是覺得太大了一點。」

語畢，古賀夏生思考著，用不到的教室能否拿來當診療所。

現在自己這把年紀了，也不太相信什麼偏鄉醫療的美談，但與其說退休就退休，這樣的選擇或許還好一點。在附近找一間空屋，每天幫村民看診，過著悠閒自適的生活。古賀夏生思前想後，似乎沒有比這更棒的主意。

二人不約而同望向後方的窗戶，晨光中的鄉土越來越遙遠。

「松永先生，你以後不會再來了嗎？」

松永思考了一會，神態蒼老地嘆了一口氣：

「我還沒法清閒啊。」

「等你清閒了，會回來嗎？」

這個人想必有一定的社會地位，他應該也在思考清不清閒、幸不幸福的問題。

「我想會吧。等我忙完工作，這身老骨頭也沒什麼用處了，一、兩年後我會回來的。」

松永說出這些話，感覺一口氣老了好多。古賀夏生笑著對他說：

「媽那樣我們應該學不來，當個臨時演員總沒問題吧。」

松永被逗笑了：

「這主意不錯呢。」

是啊，當個美麗故事中的虛構人物也不壞。

「寺廟禁菸也太蠢了吧，線香燒出來的不是煙喔。」

唸完經以後，男子跑到正殿的簷廊抽菸，被和尚罵了一頓。

伙房的屋簷下是吸菸區，「吸菸區」三字還是用毛筆寫的。

「糟糕，我忘記打電話了。」

這位小弟姓田村，大哥和大姊睡著以後，室田精一跟他一起喝了通宵。

「啊，是我啦。對啦，是真的，也無奈啊。」

田村簡單交代完，便掛斷電話：

「我老婆也很喜歡媽，哭得可傷心呢。去年過年的時候，她說與其去夏威夷，不如來這裡比較好。」

田村健太郎是連鎖居酒屋的大老闆，店鋪遍及全國。東京和京都也有開店，室田精一也常去他的店光顧。

看不出來他個是很愛家的人，昨晚一喝醉就談起老婆和孩子。他有六個孩子，最大的已經四十歲，眞是了不起。這兩年來，他每個季節都會造訪相川村，而且一定帶著老婆一起來。眞的，太了不起了。

「容我冒昧請教一個問題，帶家眷同行要付兩倍的錢嗎？」

室田精一是眞的很好奇。他原以爲這點開銷，有錢人才不當一回事，沒想到對方的答覆也很正經。

「你誤會了，室田兄。我也是看了對帳單才知道，夫妻同行有打折。價錢算一點五倍，就跟全套健康檢查一樣。既然有打折，不帶老婆同行豈不是虧大了。所以啦，我們寧可來這裡，也不去夏威夷——」

田村話才講到一半，不曉得想起什麼往事，聲音有些哽咽。

外頭風光明媚，但冷風自正殿的屋頂吹落，依舊冰寒刺骨。

「我也不是眞的忘記打電話給老婆，只是聽她哭會很難受。我十八歲就成家立業，她小我一歲。跟父母無緣的孩子，不早點結婚根本沒有一個避風港。」

話一說完，田村健太郎到有陽光的地方蹲了下來。嘴上叼著的香菸在顫抖，他是很健談的關西人，但室田精一很清楚，真正的心裡話他並沒有說出來。

「我跟我老婆，從來不曉得父母張羅的飯菜是啥味道。我們也只能自行摸索，努力拉拔六個孩子長大。所以，來這裡果然比去夏威夷好啊。」

室田精一凝視自己的手掌，不再看著黯然神傷的小弟。他想起了母親的遺骨有多輕，還有捧著遺骨箱的觸感。方才在火葬場，他們主動替母親撿骨，室田精一捧著遺骨箱，田村幫忙捧牌位。

室田精一下定決心，現在能守護這個家的只剩下他了。

眞是寧靜的夜晚啊。

多虧有你們相伴，我好久沒度過這麼愉快的新年了，多謝你們啊。

聽著外頭下雪，都捨不得讓春天來打擾這分寧靜呢。

阿健和小美，謝謝你們把自己的故事告訴我，回想過去吃的苦一定很難受吧。

那好，我也告訴你們一個壓箱底的故事。

很久很久以前，有這麼一個故事。

相川村有對老夫老妻，生養了一個很忠厚的兒子。只是這窮鄉僻壤的，也賺不到什麼錢孝敬父母。據說山頭另一邊的漁夫收入不錯，他就去當漁夫了。一開始他純粹是去賺錢貼補家用，後來幸運娶到船東的女兒，就在那裡定居下來。

兩村落隔了一個山頭，兒子只有在逢年過節的時候，才會攜家帶眷回來看爸媽。父母感嘆家中獨子給人招贅，但船東就那麼一個女兒，招贅也實屬無奈。

不久後老父親去世了，兒子想接老母親去照顧。不過，老母親一輩子都在相川村生活，不願到外地去。

阿健、小美，你們不用硬撐著沒關係，這都老掉牙的故事，聽累了就睡吧。

通往山頭的路口，有一尊布滿青苔的地藏像。相傳這尊地藏拜了非但沒有好處，甚至還會帶來一些凶兆。別說無人肯拜，連看都沒人看一眼。久而久之，上面就長滿青苔了。

饒是如此，虔誠的老太婆還是每天去參拜，祈求兒孫平安。她不敢清掉上面的青苔，生怕冒犯地藏。古人不是說，地藏是孩童的守護神嗎？

鳴震地藏。

這是那尊地藏的名號。鳴震，就是地震之意。

那時已經三月天了，這一帶還是遍地積雪，天寒地凍。老太婆不辭辛勞去參拜，沒想到地藏竟然流下血淚。

老太婆大呼不解，突然間地動山搖，這下她終於明白地藏泣血的原因。道路不停搖晃，老太婆連滾帶爬，好不容易才回到家。

強震過後輪到海嘯肆虐。還記得嗎？老太婆的兒子是漁夫，他們一家人住的地方很快就汪洋一片了。

電話也打不通，老太婆便來到庭院，聲嘶力竭地喊著兒子和他全家人的名字。老太婆喊了好久好久，嗓子都喊啞了也不肯停。

畢竟除了呼喊以外，老太婆什麼也做不到。

阿健、小美，你們說出自己不願回首的往事，我也該坦誠相待才是。

今夜過後，忘了過去一切的苦難吧。如果還是忘不掉，等我以後走了，就幫你們一併帶走煩憂。不忘掉過去的苦難，人是無法解脫的。

十年過去，再難過的事情也會成爲往事。

好，該說晚安啦。

謝謝你們聽我說故事。